美國桂冠詩人的八十後隨筆

死亡不是問題，衰老才是

唐納・霍爾
康學慧 譯

獻給

安德魯、菲麗芭、愛蜜莉、愛莉森、

雅麗安娜、愛碧潔，以及彼德

ESSAYS

目錄

AFTER
EIGHT

窗外 *Out the Window*

今日乃一月，月中、日中，新罕布夏（New Hampshire）[1]中。我坐在藍色扶手椅上，望著窗外。我步履維艱，不再駕車。我望著窗外。起床前就開始下雪，現在看起來應該積了十吋深；據說今年的積雪會高達一英尺半。我的座位旁有三扇窗，中間那一扇既深且寬。外面的窄窄門廊夏季遮陽、冬季擋雪。我遙望四十碼外的牛舍，有如狂風中飄搖的驅逐艦。我欣賞鳥兒飛來覓食，餵鳥器掛在魚鱗板[2]上，配合我的視線高度。整個冬季，燈草鵐與山雀都來這裡補充營養。像今天這樣積雪很深的日子，十多隻鳥同時光顧，餵鳥器都被壓彎了。牠們從樹梢棲息處飛掠而下，啄食，再飛回光禿禿的樹枝上。牠們翩然落下，鳥喙啄入種子，接著匆匆離去：五子雀、黃昏雀、北美金翅雀、麻雀。

大部分的日子，松鼠會來偷鳥食。我很樂意餵食松鼠——住在樹上的老鼠，像籃球場上的控球後衛一樣靈敏——但天氣好的時候，牠們會跑來驚嚇我的雀鳥。牠們從雪堆跳上門廊再躍上餵鳥器，大口享用我的山雀飼料。門框上，外公外婆當年釘上去的馬蹄鐵早已生鏽，剛好作為松鼠的踏腳處，支撐牠們拉長的身體。松鼠的重量使得餵鳥器歪斜，比較膽小的鳥受驚飛起，勇敢的那些繼續就著快要翻倒的餐桌進食。今天沒有松鼠，積雪太厚的日子，牠們會躲在雪堆下的隧道中。同時，大批鳥兒前來用餐。

日光漸弱，飄雪不止。傍晚四點的暮光中，鳥群早已離去，在某處以某種方式沉睡。不，一隻五子雀落下，啄食殘存的一粒種子。牛舍的形狀逐漸黯淡。這座牛舍興建於一八六五年，一年到頭，我日日凝望。幾年前的冬季，雪量格外大，我還以為牛舍會被壓垮。老舊木瓦上堆起高達一碼的積雪，我找不到人幫忙清除。屋頂支撐力不足，而且斜度太陡，十分危險。終於，幾位朋友帶著他們的朋友來幫忙，無懼傾斜不穩，將積雪剷除。夏季來臨時，我請了一位鋪設屋頂的工匠，在木瓦上釘了一層金屬板。與木瓦同色的錫板解決了積雪問題，因為雪一下子就會滑落。此時，我望著牛舍前馬車棚窄三角形的屋頂，那裡已經積了一英尺深的雪，低處的三分之二也已經落入下方的雪堆。在馬車棚的金屬頂端，不規則的積雪有如嶙峋冰山斷崖，隨時會滑落。午後憂鬱的空氣中，積雪有如巨大蛋糕上的香草糖霜，巨人會伸出手來挖走。

巨大碰撞聲驟然響起，剷雪車進攻車道盡頭。高踞在駕駛座上的人是我的親戚史帝夫，他非常熟練地倒車再搖晃前進、倒車再搖晃前進。車道是橢圓形的，盡頭通往四號公路，史帝夫在橢圓的尖端以小動作堆雪，將積雪堆到夠遠處，清出車輛通行的空間——也方便史帝夫之後繼續堆雪。大雪之後，這是他第一次造訪，而雪還沒有剷完。深夜雪停時，他會再次駕駛剷雪車回來施展精湛技術，在雪堆中清出一條路。凌晨三點，他衝撞進入車道，我會在睡夢中聽見聲響而暫時醒來，為史帝夫黑夜進攻雪堆而欣喜。

我的母親在康乃狄克州的家裡住了將近六十年，在那裡迎來九十大壽，她人生的最後十年都望著窗外（我父親五十二歲便過世了）。母親生日當天，我與妻子珍・肯楊（Jane Kenyon）[3]早早去到她家，中午時，我的子女與孫子女抵達，給露西奶奶一個大驚喜。我們一起擁抱、歡笑、拍照，直到我發現母親的歡喜再也抵擋不住疲憊。我把年輕人趕走，母親坐在熟悉的真皮安樂椅上，閉著眼睛休息，恢復體力。幾個月後，她心臟衰竭發作，距離上一次發作才一個星期。救護車送她去耶魯紐哈芬醫院。她出院回家後，我和珍從新罕布夏開車下去照顧她。她告訴我們：「我原本不想打九一一。」雖然她喜歡獨居也引以為榮，但她知道以後不能再這樣下去了。我們安排她入住醫院附設的安養中心，距離新罕布夏不遠，方便我們就近照顧。

她過世時，只差一個月就滿九十一歲。她的頭腦依舊清楚。過世前一週，她讀了第十遍《我的安東妮雅》（*My Ántonia*）。薇拉．凱瑟（Willa Cather）[4]一直是她心愛的作者。晚年她大部分的時間都讀阿嘉莎．克莉絲蒂（Agatha Christie）[5]的作品。她說，活到九十歲的好處就是讀完一本偵探小說之後，即使過兩個星期再讀一遍，也不會記得兇手是誰。即使如此，她人生最後的幾個月實在淒涼。膝蓋關節炎讓她只能坐著或躺著，安養院的菜色很差。我們每天都去看她，直到她過世。一年後，年僅四十七歲的珍因白血病而將不久於人世。她給我看生病之前寫的詩，其中一首是〈在安養中心〉（In the Nursing Home），描述我母親最後的那段日子。珍使用了馬匹繞圈奔跑的意象，圈子逐漸縮小，直到最後消失。

二十年後，我的圈子也開始縮小。隨著每個季節過去，我的平衡感越來越差，有時候甚至會摔倒。我再也無法自己下廚，只能用微波爐加熱現成的食物，大多是Stouffer's品牌的冷凍食品。扣鈕釦的動作也變得緩慢笨拙。今年冬天我只穿套頭厚上衣；我母親最後十年都穿寬鬆的套頭長袍。之前幾年我還有開車，非常緩慢謹慎，但是八十歲那年我發生了兩次車禍。我生怕遲早會撞死人，於是放棄開車，現在當我要去購物或就醫，都必須有人接送。親愛的女友琳達·昆哈特住在距離我家一個小時的地方，每次搭飛機她都得幫我推輪椅在機場移動、過安檢。我坐著朗讀詩作。如果我想看畫，琳達就幫我推輪椅逛博物館。新的詩不再降臨，隱喻與聲韻的奇蹟不再發生，散文倒是繼續一直來。我感覺到圈子不斷縮小，遲暮是一場慶祝失去的典禮，但相較於四十七歲或五十二歲早逝，衰老還是比較好。因為喪失能力而惋惜、憂鬱無濟於事。不如整天坐在窗前，愉快欣賞鳥兒、牛舍、鮮花。寫下我所做的事也十分舒心。

一代又一代，家族的老人坐在這扇窗前看四季遞嬗。這棟房子裡有嬰兒出生的床鋪，那個嬰兒於八十年後在同一張床上死去。我的外婆凱蒂活到九十七歲。凱蒂的女兒，我的母親，之所以「早逝」，是因為她一天抽兩包菸——早期抽切斯菲爾德牌（Chesterfield）無濾嘴香菸，後來換成肯特牌（Kent）有濾嘴香菸。母親很感謝香菸；抽菸讓她免於失智。外婆在衰老之前，曾從窗前遠眺位在南方五英里處的基薩奇山（Mountain Kearsarge）。當我往同一個方向望去，只能看到一座小山丘，因為針葉樹長得太高，遮住了視線。凱蒂童年住在這裡的年代，那座小山丘被榆樹擋住。四號公路兩側長滿了高大的榆樹，有些的高度甚至能越過公路相連。外婆九十四歲時，在窗外的門廊上摔了一跤。凱蒂一輩子除了生產之外沒有臥床過，那次因為小腿骨折而必須住院。三年後，在皮博迪安養之家，我坐在她的床邊聽著潮式呼吸（Cheyne-Stokes Breathing）[6]。她走的時候，我握著她的手。

經過數個月的白雪與雪鳥，我的窗外冒出了花朵與茂盛的綠葉，以及一直都在的牛舍古老木造小山峰。母親人生最後的十年，也同樣坐在家中椅子上望著窗外，但她所看見的景色與我不同。她在這棟位於新罕布夏的房子出生、長大，當時牛舍裡住著許多荷斯登乳牛（Holstein），但她晚年生活在我父親的故鄉，康乃狄克州哈姆登鎮（Hamden）。她的窗外沒有牛舍，只有另一棟二〇年代建造的六房住宅。一天兩次，她看著背書包的學童經過：早晨漫步去上學，下午回家。那些孩子讀的學校是春谷國小（Spring Glen Elementary School），曾經有八年的時間，我也拖拖拉拉走路去那所學校，只是當時的校名是春谷文法學校（Spring Glen Grammar School）。冬日正午，她看雪，看康乃狄克州的鳥兒飛向她窗外的餵鳥器，這些鳥是新罕布夏鳥兒的親戚。

她忍著膝蓋疼痛，蹣跚走去廚房加熱蛤蜊巧達濃湯罐頭。從四月到九月，晚上她坐在窗邊，聽哈特福（Hartford）[7]發送的WTIC電臺直播波士頓紅襪隊的棒球賽。中年時，她曾經擔任代理教師，紅襪隊的一位播音員是她的學生，她十分引以為榮。她的父親住在新罕布夏，只能靠《波士頓郵報》（*Boston Post*）追紅襪隊的比賽，但比賽打完兩天之後報紙才會送來。母親聽的是比賽現場直播，小小的收音機放在耳朵下方、菸灰缸旁（另一個房間裡有一臺堪比蒸汽引擎的老舊電視機，但畫面總是一片空白；而且她不喜歡離開座位）。球賽廣播取代了窗外的學童與鳥兒。沒有棒球比賽的月份，她每天晚上以閱讀打發時間，《讀者文摘》、亨利·大衛·梭羅（Henry David Thoreau）[8]、《時代》雜誌、羅伯特·佛洛斯特（Robert Frost）[9]——以及阿嘉莎·克莉絲蒂。

我的夏季夜晚則屬於新英格蘭體育網（NESN），與波士頓紅襪隊。

小時候，我很喜歡老人。住在新罕布夏的外公是我的人類典範。他不老。當年我和他一起收割牧草的時候，他才六、七十歲，過世時也才七十七歲，不過，當然啦，當時我覺得他很老。他是農夫，靠一匹馬輔助——他的馬名叫萊利——經營一座老派的多功能農場。他養牛、羊、雞、蜜蜂，也有一座小糖廠，將樹汁熬成楓糖。他終年辛勤，從凌晨五點忙到晚上七、八點——擠奶、接生小羊、築籬、伐木、堆肥、種植、除草、處理牧草、收割農作，每天晚上要把雞舍鎖好，以免狐狸偷雞。夏季時，我幫忙農務，聽他述說往事。一年到頭，他忙完一件事又忙下一件事，性情愉快的他總是暗自淺笑，可能是因為回想起有趣的故事，也可能在心中默背學生時代讀過的詩。

我從小喜歡老人，最後我自己也根據自然法則成為老人。一個又一個的十年接連過去——三十歲很可怕，四十歲我毫無印象，因為一直酒醉；五十歲最棒了，因為我的人生徹底改頭換面；六十歲延續五十歲的精彩——然後我罹癌，珍過世，接下來幾年，我走進另一個宇宙。無論我們多警覺，無論我們自覺多瞭解會發生什麼事，老年依舊是難以預料的未知星際地帶。那是一個外星世界，老人是另一種生命型態。他們的皮膚是綠色的，兩顆頭都長了觸角。老人有的可愛、有的可惡——在超市裡，那些阿嬤老是愛擋路——但最重要的是，老人永遠非我族類。當我們活到八十歲，就會明白我們是外星生物。倘若我們一時忘記自己老了，只要一站起來，身體就會發出提醒，還有年輕人看我們的眼神，彷彿在觀察綠皮膚、兩顆頭加觸角。

對於我們這種隔離狀態，有些人的反應很無禮，有些人則很熱心，但所有人都表現出優越感。有一次，一位女士投書給報紙稱讚我所做的事，她稱呼我為「善良的老紳士」。她的用意是讚美我，因此寫了「善良」與「紳士」。「老」這部分確實沒錯，她讓大家知道我不是暴躁的老番顛，而是「善良」又「紳士」，將我放在這樣的框架裡，她就可以摸摸我的頭，聽我發出呼嚕聲。說不定她比較想看到我搖尾巴、舔她的手，發出狗狗撒嬌的聲音。家庭聚餐時，子女與孫子女對我關愛有加；或許我是邊緣人，但並非隱形人。一個孫女的大學室友，我們才第一次見面，她就拉來一張椅子直接坐在我前方，背對著我，阻斷我和家人的交流。我不存在。

當對老人的和善中暗藏優越感時，那樣的態度看似善良，但其實只是自我感覺良好。有時候，年輕人對待老年人的方式簡直是鬧劇。我因為獲頒國家藝術獎章而前往華府，特地提早兩天出發去看畫展。在國家美術館，琳達推輪椅帶我一一欣賞畫作。我們停在一座亨利．摩爾（Henry Moore）[10]的雕塑作品前，一位美術館警衛，大約六十多歲，留著花白的八字鬍，他走過來，熱心地告訴我們雕塑家的名字。我寫過一本研究摩爾的書，所以非常瞭解他。我和琳達各自思考是否該說出這件事，但最後決定算了——說出來有自誇之嫌，而且會讓那位警衛面子掛不住。兩個小時後，我們從附設的餐廳出來，又遇到那個人，他問琳達午餐是否滿意。然後他彎下腰對我說話，搖搖一隻手指，露出噁心的笑容，提高音量說：

「飯飯好吃嗎？」

春季，餵鳥器收進工具棚裡，等到十月才會再次登場。我看著肥肥的知更鳥回來，還有愛欺負知更鳥的冠藍鴉，黃林鶯、紅翅黑鸝、棕林鶇、橙腹擬鸝。哀鴿蹲在草地上啄食種子。一隻知更鳥每年都會回來整修冬季時毀損的巢，添加新的乾草、樹枝、線絨。很快牠就會下蛋，開始孵蛋之後，牠只有覓食才會短暫離開，接著就要餵養三、四隻張著嘴巴、嗷嗷待哺的雛鳥。不久之後，雛鳥站起來，張開翅膀，觀察四周，然後起飛離巢。我很珍惜這些雛鳥，總會坐在窗前觀察橡樹或挪威楓樹的枝枒，尋找更遠處的鳥巢，看看是否有小小的窩。漆黑的烏鴉在我的草坪上覓食。奇特又美妙的蜂鳥像直升機停在門廊半空，不斷揮動的翅膀快到看不清楚；鳥喙探進蜀葵裡，吸取一些花蜜，飛走之後又飛回來再嘗嘗味道。

三月底或四月初，每年不一定，我看著花朵盛放又凋零。冰凍的大地上冒出雪花蓮、番紅花，以及迷人的水仙。鬱金香開出華麗的大紅與金黃，金屬色調的豔麗花朵有如等待裝滿的酒杯。六月，門廊邊緣開出一整排芍藥，綠色的花蕾逐漸長大，最後開出羽毛狀的白色大花球——一陣雷雨就會打壞。鈴蘭也開花了，庭院另一頭有一叢古老的單瓣玫瑰，每年開花的量都不一定，有些年很少，有些年則開出上百朵——先是白色，然後粉紅，接著大紅，在路邊水溝旁搖曳生姿，一如兩百年前長在牛車小徑旁的模樣。

有一天，我在窗前看到巨大農機具運作。我田裡的草已經長得深綠茂密了，農人鄰居前來收割。第一臺機器割斷牧草，另一臺耙起，再下一臺整理出巨大的圓形草捆，最後一臺將草捆舉起裝上卡車。現在已經沒有人用老式牧草架了。鄰居來收草是為了冬天餵牛，等草重新長出來，他還會來第二趟、第三趟。七十年前，我和外公就在這片田地上收割牧草，以馬拉的機器割草，不規則的邊緣部分要靠人力用鐮刀割，最後用草叉剷進馬拉的乾草架，然後堆在牛舍的閣樓裡。四月時，會在草田灑牛糞肥，一百五十年來都是這樣滋養牧草。外公去世之後過了數十年，沃土耗盡，新罕布夏的砂質土壤裸露。我的鄰居在春末灑石灰。

夏季時，花朵輪番綻放、凋謝——毛地黃、香雪球、蜂香薄荷。我看到兩隻野火雞昂首闊步往牛舍走去，一路咯咯叫，身後還有四隻小火雞努力想追上，以及長滿萱草的山丘，這種鮮橘色的野花會長在溝渠旁，也會長在古老地窖口附近的空地上。火焰草高舉向晚的旗幟，矢車菊盛開，紅花槭染上秋季第一抹紅。

無論哪個季節，我都會眺望牛舍。一月，隔著飄落白雪我看著；八月時，裝在直立木牆板上的格網爬滿玫瑰藤蔓，我依然看著。盛夏時節我看著，十一月初秋早早天黑後我依然看著。我坐在椅子上，望向西方，落日恣意揮灑絢爛琥珀輝煌，眼前的飽滿色調有如漸漸變暗的甜美蜂蜜。沒有上漆的牆板底部顏色比較深，最常曬到太陽的頂端則變成棕黃色調。牛舍盡頭是馬房的窗子，萊利會探出頭來統計四號公路上經過的小卡車與福特車。我研究屋頂的角度，那是一種傾斜的幾何學，它們對稱、同時又自命不凡地不對稱，就這樣在失去與找回對稱中不斷循環。八年來，這座牛舍從養牛的地方變成純粹觀賞的目標。道路前方，我看到榆樹朦朧的形影，通往格拉夫頓高速公路的四號公路兩旁長滿這種樹。一百五十年的歲月讓榆樹從青綠嫩芽變成乾枯老樹。在窗前，我看著雪白大地轉為淺綠、深綠、橙黃、火紅，然後變成枯枝下的一片棕色，直到白雪再次落下。

1 美國東北部新英格蘭地區的州。

2 以橫條木片層層重疊釘成牆面，因外型類似魚的鱗片，故稱「魚鱗板」。

3 美國詩人、翻譯家。

4 二十世紀美國作家，擅長描寫女性及美國早期移民的拓荒生活。《我的安東妮雅》為其一九一八年出版的小說作品。

5 二十世紀英國偵探小說作家，有「謀殺天后」的稱號。

6 一種呼吸異常的情況。呼吸由淺慢逐漸加快加深，又逐漸變淺變慢，經過一段呼吸暫停後，又再重複上述週期，如潮水漲落般。

7 康乃狄克州的首府。

8 十九世紀美國作家、詩人、哲學家，著有《湖濱散記》。

9 二十世紀美國詩人，曾四度獲得普立茲獎。

10 英國雕塑家，以大型鑄銅雕塑和大理石雕塑聞名。

Essays After Eighty 八十後隨筆

從七年級開始，我寫下一行行詩、詩、詩。出版了兩本詩集之後，我寫了《昨日不可留》（*String Too Short to Be Saved*），描述在新罕布夏外公家的農場度過的童年。為了描述家族故事，我放棄一行行的詩句，改為長段落。

詩是從大腦深處爆發出的影像，以柔滑長母音調味的文字。隨著我漸漸老去——一頭闖入七十，模糊瞥見八十歲那座斷崖，跌跌撞撞走到八十五——詩拋棄了我。多重母音伴隨了我七十年，我怎麼能抱怨？詩的聲音很肉感，甚至性感。陰暗的心靈流淌出隱喻——一開始詩人可能不明白它們在說什麼——帶出情感上的剖白。對於男性詩人而言，想像力與甜言蜜語都需要荷爾蒙灌注。當睪酮素減少……

我的最後一本詩集出版了。寫著段落，我望向窗外，寫下我看到的景物。白雪飄落，然後水仙花綻放。我盡情享受段落，句子或快或慢、或起或伏——即興發揮，邁向最終的圓滿。

寫作最大的樂趣就是重寫。我的稿子最初幾個版本總是很糟糕。一開始可能只用常見的動詞，例如「移動」，然後配上副詞「迅速」作為修飾。修改六十次之後，我想出一個獨特甚至可能很巧妙的動詞，並且刪去副詞。我原本寫「詩突然離開我」，修改十二個版本之後變成「詩拋棄了我」——再加上另一個句子，以免有自怨自艾之嫌。當醫生說我有糖尿病的時候，我無法置信。我說：「你是想說前期糖尿病吧？」寫在這本書裡的時候，我改了一個動詞嘲笑自己傻氣的推斷。「『你是想說前期糖尿病吧？』我解釋。」

修改需要時間，這是個愉快的漫長過程。這些隨筆有些修改了八十次，最少也有三十次。以前我寫散文的速度比較快一點，或許是我發現了更多可以吹毛求疵的地方。但更可能是年紀大了，找出正確詞彙的速度變慢。因為總是修改很多版本，我贏得了自律的惡名。其實是自我放縱才對，我就是這麼愛修改。

我曾經與威廉·肖恩（William Shawn）合作，他是《紐約客》雜誌（*The New Yorker*）的編輯，從一九五二年任職到一九八七年。他以不厭其煩琢磨文句而聞名，總是客氣又狠辣地堅持要求修訂。一開始我會收到雜誌社的校對樣本，上面寫滿各種建議與修訂要求，每次的樣本大約會有一百個。當修正版本的稿子送達之後，每次又會增加三十個修訂要求。出版前一週，傍晚六點，我的電話響了。

「霍爾先生，您是否有空修改隨筆？可能需要幾個小時。」

「請說吧，肖恩先生。」

「第一個句子，我們發現有個連續逗號似乎拿掉比較好。」

努力研究子句與逗號時，我領悟到節奏與韻律雖然對文意沒有影響，卻可以帶領讀者走上愉快的旅程。句子可以很長，三個以上的完整子句攜手起舞，也可能是兩個子句互相依靠，或是加上只有幾個音節的詞組。文句與段落變化繁多，就像人類一樣。我特別喜歡這種效果——請見約翰·

麥克菲（John McPhee）[11]的作品——長達三頁的一個段落，以完全看不出來是轉折的轉折串連。

長達三頁的一個段落之後，或許驟然來個只有一行的短段落。

寫作時有些難題是可以學著避開的。無論寫詩或隨筆，幾乎每次我都把結尾寫太長。「我剛才說的是這些，你真的懂了吧？」刪除。讓文字閃耀出結論，不要干預。有時作者會介入讀者與書頁之間——我、本人、筆者。千萬不要以「我」開始一個句子。事實上，最好盡量不要以任何人稱代名詞開始一個句子。「我」的受格與所有格都要盡可能避免。寫回憶錄的時候，不要說「我記得童年時期什麼都沒有發生」，要說「童年時期什麼都沒有發生」。

儘管如此，七十多年的時間，我一直在寫自己，因此導致一個很常發生的狀況：我第一次見到一個人，聊了一下，我的記憶被觸動，於是開始描述一段軼事——面前那個人滿臉笑容、點頭如搗蒜。她知道這個故事，因為我在書裡寫過，很可能寫了三次。

盡可能避免人稱代名詞——但不要避免私人情感。我的第一本詩集說「我」，但感覺疏遠，是個生硬而詩意的「我」。在我最好的詩作與散文中，我變得越來越赤裸，一種穿上衣服掩飾的赤裸。對風格一絲不苟的熱情——字彙選擇、句法、標點符號、順序、節奏、具體性——不只描繪出作者眼中的牛舍與蜀葵，也傳達作者的感受與相反感受。

隨筆，一如詩和長短篇小說，讓天堂與地獄共結連理。矛盾是人生的細胞架構。有時正面制霸、有時負面稱王——然而，倘若隨筆中沒有矛盾，連一點點也沒有，那就是失敗之作。當我望著窗外，感受麻雀、白雪、基薩奇山、紫羅蘭、野火雞所帶來的喜悅，這樣的隨筆並不完整。必須要有對比，必須要有醜惡或荒謬。幸好我找到了。當〈窗外〉發表之後，上百封信寄來。廣播節目「新氣象」（Fresh Air）的主持人泰芮・葛羅斯（Terry Gross）採訪我。大家關注無禮警衛娃娃腔的程度不亞於對風景的描述。我要感謝國家美術館的那個警衛。

11 美國作家，被認為是紀實創作的先鋒。

華府雪怪

A Yeti in the District

這一生我造訪過華府數次。一九四五年，我去看二戰凱旋遊行。最後一次、也是最值得紀念的一次，是二〇一一年三月獲頒國家藝術獎章（National Medal of Arts）。我和琳達提早兩天抵達，去欣賞畫作與雕塑——主要是國家美術館，然後去赫尚博物館與雕塑園（Hirshhorn Museum and Sculpture Garden），以及菲利普美術館（The Phillips Collection）。我無法久站，因此琳達幫我推輪椅，走過無數的美術館。頒獎當天，她推著我從威拉德洲際飯店（Willard InterContinental Hotel）出發前往白宮。在門口等候安檢時，我抬頭看到菲利普．羅斯（Philip Roth）[12]，我們很久之前見過。我很喜歡他的小說。他看到我坐在飯店的輪椅上——我的大鬍子與蓬亂頭髮，年老衰弱的身體——然後說：「距離上次見面過了整整五十年！」他怎麼會記得我？一九五〇年代，我們在喬治．普林普頓（George Plimpton）[13]家的客廳見過一次。我稱讚他在《退場的鬼魂》（*The Exit Ghost*）中所描寫的喬治．布希。他似乎很高興，低頭看我的輪椅。「你呢？過得還好嗎？」我說很好，「依然在寫作。」

他說：「不然呢？」

＊＊＊

一九四五年，我十六歲，搭火車去到華府的舊聯合車站，埃克塞特學院（Phillips Exeter Academy）的同學泰德．路易斯來接我。火車站有如寬敞的水泥大教堂，在飛機取代鐵路之前，全國各大城市的火車站皆是如此。泰德開車載我去他家，他們住在亞歷山卓市（Alexandria）的一間公寓裡，我見到他的父母和弟弟傑伊。他父親泰德．路易斯一世為《紐約日報》（*New York Daily News*）寫華府專欄，是資深的自由派人士，卻為老闆寫保守派意見。他的個性厭世、敏銳、風趣。那一個星期，我和好友聊天、兜風。他帶我去基督教青年會（YMCA）週六晚上舉辦的舞會，我和一個還沒滿十六歲的漂亮女生調情。她告訴我，她是衛理公會信徒。我很自大又比她年長一歲，把《化身博士》（*The Strange Case of Dr. Jekyll and Mr. Hyde*）的角色改成衛博士與理先生說給她聽，她完全沒聽過這兩個人。泰德帶我遊覽華府，參觀林肯紀念堂和傑佛遜紀念堂，也去國家廣場看人稱華盛頓大屌的華盛頓紀念碑。我們經過國家美術館、國會圖書館、白宮，但都沒有進去。我們做了一件之後再也沒人能做的事。我、泰德、傑伊站在賓州大道邊，看艾森豪（Dwight D. Eisenhower）[14]的二戰凱旋遊行。歐戰勝利之後不久（對日戰爭勝利之前不久），艾森豪將軍經過我們面前，他挺拔站在一輛敞篷車的後座上，兩隻手臂高舉過頭比出勝利手勢。我們為他歡呼，慶祝死傷眾多的漫長戰爭終於結束。艾克選總統時我們都沒有投給他。我們都沒有忘記那次的遊行。

第二次去華府，時隔二十四年，一九六九年十一月十五日，和兒子安德魯一起去，他還是個青少年。當時我在安娜堡（Ann Arbor）教書，我們坐巴士連夜趕往華府參加示威，反越戰與尼克森總統——那時候還沒發生水門事件，他也還沒辭職。那次的示威我不記得太多細節，但我記得大批民眾從巴士下車，幾乎全都是從大學校園來的，我們展現出正直又喧譁的熱忱。那個年頭，無論十五歲或四十一歲，所有人都留長髮。記得經過法務部時，我想像部長約翰．米契爾（John Mitchell）和他的太太瑪莎在樓上吵架，心裡樂了一下。我打電話告訴泰德．路易斯我帶兒子來示威；他和他的父親請我們去國家新聞俱樂部（National Press Club）午餐，我們深感榮幸。中午，我們移動離開示威群眾，進入餐廳時，朋友已經在等了。一進門，我們看到兩位男士坐在一張餐桌旁，我愕然發現其中一個是熟人。查爾斯．華道．貝利二世（Charles Waldo Bailey II），我們都是埃克塞特學院的校友，在學時他聰明又高傲，長大之後成為《明尼亞波利斯明星論壇報》（*Minneapolis Star Tribune*）的華府特派員。貝利西裝筆挺，和他同桌的人也一樣，餐廳裡其他人也是。我和安德魯綁著馬尾，T恤上印著政治標語——我們掛著珠串、別著印了粗話的胸章。我向貝利打招呼，他抬起頭來，冷淡的態度可比他桌上那杯加了冰塊的曼哈頓調酒。同桌那人注視著一杯薑汁啤酒。貝利的態度讓我很不滿，和路易斯父子會合之後，我提起這件事。泰德的爸爸瞇起眼睛看過去，然後告訴我們：「和他同桌的那個人是羅納德・澤格勒（Ronald Ziegler）。」我們都聽過那個名字，他是尼克森的白宮發言人。

澤格勒離席，八成要去掩蓋轟炸柬埔寨的計畫。查爾斯・華道・貝利二世走向我們這一桌，態度十分和氣。

＊＊＊

那之後，直到一九八〇年一月，我才再次飛往華府，這次是和珍一起參加吉米・卡特（Jimmy Carter）舉辦的詩會。當時卡特總統尚未出版詩集，但大家都知道他喜歡詩。雷根（Ronald Reagan）接任的前一年，卡特決定表揚美國詩人。我和珍坐計程車在白宮外繞圈尋找活動入口，經過一群等著進去的觀光客。「看看那些詩人，」我笑著說，「全都排隊等著進去。」司機遵從我們的指示，於是我們也加入了排隊的詩人。

這次活動邀請了很多詩人。大約六十位，每個人都攜伴參加。隊伍緩慢移動接受安檢，然後走向目的地。排在前面的那個人感覺很眼熟，肯定在書封上看過。然後我才恍然大悟，他是那個世代最暢銷的詩人，羅德‧麥克庫恩（Rod McKuen），他寫了〈聆聽溫暖〉（Listen to the Warm）這首詩。每個世代都有一位詩人會受到高中男生青睞，他們朗讀他的詩，希望能打動女生，讓她們准許一親芳澤。我的時代流行沃爾特‧本頓（Walter Benton），他的詩集《是我所愛》（*This is My Beloved*）大受歡迎，文選編輯路易斯‧安特梅爾（Louis Untermeyer）在出版社的廣告上為這本詩集背書（「我絕不認為這些詩色情。」），這句話讓大批青少年擠進書店搶破頭。羅德‧麥克庫恩的詩距離色情很遠——但確實接近濫情。白宮請國家藝術基金會（National Endowment for the Arts）列出邀請詩人名單，最初的名單沒有麥克庫恩。藝術基金會受到各方施壓——憤怒的經紀人、出版社，以及掌握預算的國會。於是羅德‧麥克庫恩也來排隊。

十二位詩人朗誦作品，三人一組。我和珍都沒有朗誦，於是我們聆聽菲利普‧萊文（Philip Levine）[15]和他的朋友朗誦。結束之後，我們聚在一起交流，聊聊天、喝白酒。我有很多年沒見到約翰‧艾希伯里（John

Ashbery）[16]和艾德麗安・里奇（Adrienne Rich）[17]；他們兩個是我在哈佛的同學。我們和老友吉姆・賴特（Jim Wright）[18]聊天，他拄著拐杖（後來我在西奈山又見過他一次，最後一次則是在布朗克斯的安寧病房，他在那裡過世）。此外還有瑪克辛・庫敏（Maxine Kumin）[19]、羅伯特・海登（Robert Hayden）[20]、格溫多林・布魯克斯（Gwendolyn Brooks）[21]、鮑伯・克里利（Bob Creeley）[22]、斯諾德格拉斯（De Snodgrass）[23]。我們和總統握手。他向我們每個人致意，注視我們的眼睛，問我們從哪裡來。可想而知，他認定所有與會詩人都是大學教授，但當時我已經辭去密西根大學的教職，搬回外公的故居。我告訴他我來自新罕布夏，他說：「達特茅斯學院（Dartmouth）？」同時輕輕點頭。我慌張地說出故鄉的名字：「威爾摩特（Wilmot）。」他說：「噢。」彷彿他記得有間威爾摩特州立大學。威爾摩特連雜貨店也沒有。

一九六五年，國家藝術基金會由國會創立，當時的總統是詹森

（Lyndon Johnson）。這個基金會贊助藝術家與藝術機構：畫家、美術館，作家、出版社。一九八〇年代晚期，我去華府參加過兩次藝術基金會的委員會，一次是討論給予詩人研究津貼，另一次則是討論贊助文學組織。一九九一年我成為藝術基金會的顧問（我之所以接受這個職位，是為了保護淫穢藝術免於國會的攻擊）。藝術基金會總部位於舊郵政大廈，我在那裡忍受了許多枯燥的會議，並且出席一九九一年白宮國家藝術獎章頒獎典禮。我坐在觀眾席看著老布希頒發獎章（我以前見過他，一九八四年，當時我是哈佛新生，身為二戰退役軍人的老布希是耶魯棒球隊的一壘手）。老布希站在高起的頒獎臺上，我看到一位海陸士兵攙扶鄉村歌手羅伊·阿庫夫（Roy Acuff）走上兩級階梯上臺領獎。其他獲獎人我沒什麼印象了，不過獲獎人包括畫家理查德·迪本科恩（Richard Diebenkorn）、舞蹈家珀爾·普里默斯（Pearl Primus）、小提琴家艾薩克·史坦（Isaac Stern）。總統簡短致詞——這位德州石油大亨說著一口乾巴巴的長春藤名校口音——接著將獎章掛在每位獲獎人的脖子上。列隊向總統致意時，我握了老布希的手（接下來一個星期珍都不肯碰那隻手）。我們移動到另一個房間進行午宴。總統說了一段平淡的開場白，菜色極為美味。上咖啡時，布希站起來，用湯匙敲敲水杯。「好吧，」他說，「我不知道你們藝術家是怎樣，但我有很多事要做。」我們配合輕聲笑。「你們全都是藝術界的英雄，但還有其他英雄。五十年前，喬．迪馬喬（Joe DiMaggio）連續五十六場擊出安打，泰德．威廉斯（Ted Williams）創下打擊率〇點四〇六的紀錄。」他朝著餐廳盡頭揮揮手，我們轉身看到迪馬喬和威廉斯滿臉笑容站在門口。藝術界的英雄跳起來鼓掌致敬。矮胖年老的艾薩克．史坦熱情大力拍手——門口的那兩位高大男子來得突然去得也迅速。

很快消息就傳開了。那天下午總統的行程是和威廉斯與迪馬喬一同搭機前往多倫多出席全明星賽。

一九九五年，珍死於血癌。我悲痛、哀悼，書寫紀念她。我在許多大學與大型活動上朗讀她的詩與我的詩。很久以後，我成為美國桂冠詩人[24]，在那一年的時間裡，我有更多機會造訪華府的眾多美術館。國會圖書館很溫馨也很熱心，但我這個桂冠詩人的生產力不佳，一年後便離職。再次去華府，是和琳達一起接受黛安・雷姆（Diane Rehm）[25]訪問。再下一次是去參加女兒菲麗芭的五十歲慶生派對。

二〇一一年二月，國家藝術基金會的現任負責人打電話給我。歐巴馬總統要在三月二日頒發國家藝術獎章給我。二十年前我看著老布希頒獎給其他人，這次回華府換我領獎。二〇一一年的受獎人當中有許多音樂家——鋼琴家范・克萊本（Van Cliburn）、吉他演奏家詹姆士・泰勒（James Taylor）、薩克斯風演奏家桑尼・羅林斯（Sonny Rollins）——也有藝術家、導演、傳記作家、藝術機構。梅莉・史翠普（Meryl Streep）不克出席，因為她在倫敦演柴契爾夫人。「雅各的枕頭」舞蹈團（Jacob's Pillow）由總監艾拉・巴夫（Ella Baff）代表領獎。國家人文基金會（National Endowment for the Humanities）也在同一場頒發獎章，受獎人當中包括三位小說家。菲利普・羅斯已經在柯林頓時期拿過藝術獎章了，我很高興發現還有另外兩位文學界的朋友——小說家喬伊斯・卡羅爾・歐茨（Joyce Carol Oates）與溫德爾・貝里（Wendell Berry）。我問人文獎章的行政人員為何小說家得的是人文獎章而不是藝術，她說沒有人知道。

頒獎前一晚，兩個基金會聯合舉辦無趣的大型正式晚宴，我猜想應該是低薪員工每年最期待的活動。活動高潮是印度電影製片家米拉・奈兒（Mira Nair）的專題演講，我們所有人都打扮得光鮮亮麗。溫德爾平常都穿吊帶褲，這次他特別租了一套完美的燕尾服，真的讓人很不習慣。琳達帶了一套華麗的長禮服，上身綴滿亮片，這是她在二手店花三七點四五美元買到的。我的正式服裝是一件穿了五十年的仿羊毛燕尾服外套、白襯衫、夾式領帶。

第二天下午，我們在典禮開始前一小時抵達白宮。穿著制服的男女接待人員，帶我們簡單參觀幾個富麗堂皇的房間，然後帶我們去東廳，典禮即將在這裡舉行。每個人都有指定座位，我們練習了流程——如何登上頒獎臺、如何走向總統、如何回座位。一位小個子的海陸軍官預先大聲報出我們的姓名以確認發音。范・克萊本糾正了兩個母音。雕塑家馬克・迪・蘇維羅（Mark di Suvero）仔細講解發音。我的名字沒問題。大部分的人都穿著深色西裝。桑尼・羅林斯穿著輕飄飄的絲質襯衫，馬克・迪・蘇維羅穿著大紅外套。艾拉・巴夫的鞋子也同樣是大紅色。我原本打算穿僅存的一套西裝，藍色絲質，一九九三年在孟買購入，可惜褲子穿不下了。桂冠詩人就任儀式穿過的灰色法蘭絨西裝被蟲蛀了。於是我穿卡其褲，找到一件黑色西裝外套，裡面的白襯衫是昨晚穿過的同一件，加上在上海買的心愛紅色絲質領帶。

我們在隔壁房間等候，嘉賓陸續到場就坐。然後我們列隊從中央走道前往最前排坐下。樂隊停止演奏，我們鼓掌。蜜雪兒・歐巴馬坐在前排，一身閃亮的綠色禮服。總統穿著正式西裝入場，經過堆滿獎章的桌子。他說，這場典禮比大部分的工作令人欣喜。他讚美藝術與文學的重要性，談到詩人羅伯特・佛洛斯特訪問蘇聯的歷史[26]，以及《波特洛伊的抱怨》

（*Portnoy's Complaints*）[27]。但大部分的時間我只聽見自己的心跳。總統致詞完畢，海陸軍官唱名，我的頭銜是前桂冠詩人。一位士兵扶著我的手臂幫我走上兩級臺階，就像當年羅伊·阿庫夫上臺時那樣。我告訴總統我有多仰慕他。他摟我的肩，彎腰在我左耳邊講了幾句話，剛好我那隻耳朵完全聽不見。我只聽見自己的心跳。我的幾位朋友在網路上看轉播，看到總統對我說話，於是來問我他說了什麼。我告訴他們，可能是「你的作品偉大無比」，也可能是「你寫的全都是噁心狗屁」，但我無法分辨。

他將一條紫色緞帶戴在我的脖子上，底端掛著沉重的金色獎章，士兵扶我下臺。所有受獎人都上臺接受表揚之後，我們從同一條走道離開。眾議院議長南希·裴洛西（Nancy Pelosi）坐在觀眾席中，我對她舉起大拇指。我們回到隔壁房間，總統夫婦也加入。我們排隊拍照，先拍獨照，然後是團體照，最後個別與總統伉儷合照。我們每個人過去站兩秒鐘，然後換下一位受獎人。幾週後，我收到十乘十二吋的照片，上面的簽名寫著巴拉克與蜜雪兒·歐巴馬。「感謝您多年來深具啟發的創作！」所有人都適用。照片中，他們兩位笑容動人——而我每次拍照時都笑不出來。站在兩位高大優雅的人物當中，我顯得特別矮，而且臭臉的表情與迪克．錢尼（Dick Cheney）[28]如出一轍。

我們離開那個房間去和其他人會合。我擁抱琳達和孫女愛莉森，當時她在紐約州的瓦薩學院（Vassar College）研讀歷史與英美文學，我將她加入賓客名單。我見到幾位沒想到會出現的朋友，也和其他受獎人交流。之前我們一直沉默又害羞。我們喝不含酒精的飲料，十分鐘後，我們的狀態彷彿喝了十杯馬丁尼。每個人都變得喧譁友善又開心。我告訴詹姆士．泰勒，我們曾經坐在同一個舞臺上，卻不清楚對方的職業。我和喬伊斯．卡羅爾．歐茨聊天，熱烈與溫德爾．貝里寒暄。馬克．迪．蘇維羅、艾拉．巴夫與范．克萊本興致勃勃。桑尼．羅林斯很安靜，也最容易交談。我兒子參加過他的九一一紀念音樂會，因此我代替兒子向他致謝。琳達坐下和他聊了整整半小時，話題是政治與文學；他們互留地址，之後經常通信。愛莉森在作家與音樂家之間走來走去，這些都是她讀過、聽過的大師。每個人都拿著相機拍照，每個人都和其他人站在一起拍照。

賓客漸漸散去。我們一行人都累壞了，回到威拉德飯店。我的經紀公司招待我們和貝里一家晚餐。愛莉森當時才二十三歲，她點了一杯紅酒，店家要求出示證件。溫德爾坐在我的美麗孫女對面，堅持他也要出示證件，他和我們所有人都聊得很開心。珍以前說過，他的笑聲是宇宙最美的聲音。用餐過後，我們全家坐計程車回飯店，這一天雖然忙碌，但我像平常一樣處之泰然。我一點也沒醉，但下車時摔了一跤，幸好飯店門房即時接住我。

這次離開華府，距離艾森豪遊行已經超過六十年了，我回到新罕布夏的獨居生活。我很珍惜這幾十年來造訪華府的回憶——反戰遊行、卡特總統的詩會、捍衛遭到排斥的藝術、艾薩克·史坦受獎、棒球英雄現身、女兒的五十歲慶生派對、歐巴馬總統的擁抱——但人生中所有事都是苦樂參半，榮譽伴隨著自我懷疑。大家都知道獎章只是空虛。艾森豪在凱旋遊行中是否想過，說不定喬治・馬歇爾（George Marshall）[29]是更好的將領？女兒在慶生派對上玩得很開心，但她當然會想到下一個十年。一位得過普立茲獎的朋友曾經跟我說，如果她也得到國家書卷獎（National Book Award），她就會相信自己的作品不可取代。二〇一一年，離開華府回家的我，感覺自己不配得獎但也欣喜若狂。

隔天我就拿起筆來寫作。不然呢？

唉，可惜潑冷水的人來了。我和琳達回到我家，發現門口放著五份當地的《康科特監督報》（*Concord Monitor*），是早上送報紙的人好心送來的。頭版印著總統站在我身邊為我戴上獎章的照片。我張嘴露出人生中最大的笑容，一身休閒西裝外套配卡其褲，頭髮四處亂翹，鬍子亂七八糟。我認為這是我一生中最好看的照片。亞歷珊德拉・佩特理（Alexandra Petri）肯定也愛死這張照片了，她為《華盛頓郵報》（*Washington Post*）的部落格撰稿，隔天她刊出那張照片（她是二〇一〇年畢業的哈佛校友，比我晚五十九屆）。她認出我，表明我是詩人，並且向讀者保證我絕不是雪怪。她舉行了一場圖片說明大賽。無數留言滾滾而來，全都很愚蠢，荒謬當有趣。各方人士做出回應。大家稱讚我，責備佩特理小姐。他們維護我作為詩人的名聲，儘管我外型不佳，依然讚譽有加。菲利普·特齊安（Philip Terzian）還寫了一篇很好心的評論，刊登在《每週標準報》（*Weekly Standard*）——可惜他攻擊《華盛頓郵報》是自由派。就連遠在阿拉斯加的莎拉·裴林（Sarah Palin）[30]也看到了，在部落格上寫了一篇文章捍衛無名的「八十二歲抗癌勇士」，嚴厲指責《華盛頓郵報》。受到這麼多關注，我當然樂在其中，感覺有如錦上添花。現代人壽命越來越長，佩特理小姐可能會活到一百歲。祝她長出一把大鬍子。

12 美國小說家、作家，二十世紀美國最具代表性的猶太作家。

13 美國作家，以體育著作與創立《巴黎評論》（*Paris Review*）而聞名。

14 美國第三十四任總統。第二次世界大戰期間，擔任盟軍在歐洲最高指揮官，軍中士兵稱呼他為艾克（Ike）。

15 美國詩人，詩歌主題多為都市工人階級的生活。

16 美國詩人，曾獲得許多重要獎項，包括普立茲詩獎、美國國家書卷獎等。

17 美國詩人、散文家，也是美國女性主義運動的一位重要代表人物。

18 美國政治家，曾於一九八七至一九八九年間擔任眾議院議長。

19 美國詩人，一九八一至一九八二年被任命為美國桂冠詩人。

20 美國詩人、散文家和教育家。於一九七六至一九七八年擔任美國國會圖書館詩歌顧問，此職位即為現今之桂冠詩人。

21 美國詩人、教師，第一位獲得普立茲詩獎的黑人女性。一九八五至一九八六年擔任桂冠詩人。

22 全名羅伯特・克里利（Robert Creeley），美國詩人，曾獲美國圖書獎。

23 美國詩人，曾獲普立茲詩獎。

24 政府任命的詩人，由國會圖書館（Library of Congress）館長聘任，屬於榮譽頭銜，任期一年，可以連任，主要職務為推廣詩。

25 美國記者，曾於公共廣播電臺主持黛安・雷姆秀。

26 一九六二年夏天，佛洛斯特陪同內政部長斯圖爾特・烏德爾（Stewart Udall）訪問蘇聯，希望與尼基塔・赫魯雪夫會面，為兩個冷戰大國之間的和平關係進行遊說。

27 菲利普・羅斯一九六九年的小說作品，是他的成名之作。

28 第四十六屆美國副總統。

29 美國將領，在第二次世界大戰中，他幫助小羅斯福總統出謀劃策，二戰期間堅持先進攻德國再攻打日本的戰略方針。曾獲得諾貝爾和平獎。

30 共和黨政治人物，曾擔任阿拉斯加州長，二〇〇八年與約翰・馬侃（John McCain）搭檔角逐總統失敗。

One Road 唯一的路

一九五二年十二月，我和第一任妻子科比從維也納出發，開車穿越俄屬奧地利進入南斯拉夫。邊界的碎石雙線道上看不到其他車輛，我們停車出示文件，證明獲准進入狄托元帥（Marshal Tito）[31]統治的國家。我們走回莫里斯（Morris）汽車時，一輛開往奧地利方向的大型黑色車輛停下來，一位男士下車朝我們迎面走來。他感覺是個大人物，可能是外交官或幫派老大。他看到我們那輛小敞篷車的車牌國籍縮寫，於是用英文和我們說話。我拿著令人困惑的交通指引。我們問那位男士是否一直往前開就能抵達薩格勒布（Zagreb）[32]。

他聳肩對我們說：「南斯拉夫只有一條路。」

當時我們才新婚沒多久。我剛完成牛津大學研究所第一年的學業，我飛回家迎娶科比，她是我大學時代的女友。我們是朋友介紹認識的。我的大學室友請他的未婚妻幫我介紹對象，她問：「他多高？」科比美麗、聰慧、典雅，身高六英尺[33]。我只比她高一吋，我覺得她的身高很有特色。那次見面很愉快，我們分別讀大二與大三，一次又一次再一次約會。就這樣水到渠成。我去牛津念研究所而分開一年，我們都很想念對方。我們頻繁通信，在信中安排好結婚的事。

我從倫敦飛回紐約，洛克希德星座（Lockheed Constellation）三螺旋槳機型，飛行十七小時。回國很開心，但緊接著便展開緊鑼密鼓的準備工作。九月舉辦婚禮之後，完全沒有時間度蜜月。我們去新罕布夏探望外祖父母——外公心臟病發，所以他們無法來參加婚禮——然後搭乘*伊莉莎白女王號*郵輪前往南安普頓（Southampton）。住在康乃狄克州的爺爺送給我們一份新婚禮物：一輛英國車，小小的綠色莫里斯迷你車，我們在倫敦領車，牛津的學業結束之後再運回美國。一離開經銷中心，我們立刻陷入車陣。我第一次開在馬路邪惡的那邊，非常可怕。坐在我旁邊的科比全身僵硬，我集中精神保持在左邊的車道上，好不容易抵達牛津市班伯利路（Banbury Road）上我們租的公寓。一學期上課八週，然後放假六週。整個秋季，我忙著準備文學士（B.Litt）[34]的論文資料，整天待在博德利圖書館

（Bodleian Library）的漢弗萊公爵藏書室（Duke Humfrey's Library），那是圖書館中最古老也最寒冷的一區。白天科比一個人在家，大部分的時間都在讀特洛勒普（Trollope）[35]的小說，不然就是探索附近的小商店——藥店、魚店、肉店。傍晚時，我們參加牛津一場接一場的派對。對於科比而言，這些活動只是一堆陌生人聚在一起，而且沒有人留意她。我在家的時候，總是忙著寫詩。

* * *

學期末，我的研究完成，打算牛津一月開學就動筆寫論文。整整六週的假期，我們要做什麼呢？一位美國同鄉給了答案：我們應該駕車橫越歐洲經過南斯拉夫去希臘雅典。聽說這趟路程很輕鬆，氣候也十分宜人。我們沒有度蜜月，這趟算是補上。於是乎，十二月中，我們從牛津出發，前往英吉利海峽的一個港口，晚餐之後上渡輪，這趟航程要花上一整夜。很快我們就遇上濃厚的倫敦大霧，有如灰色法蘭絨。我以時速十英里駕車前進，左邊的前後輪開在幾乎看不見的水溝蓋上（可想而知車很少）。每次遇到十字路口，水溝蓋就會消失，科比必須下車，走到車子前面一英尺處，小心翼翼確認左右是否有來車。我跟在她身後慢吞吞前進。我們膽戰心驚地把車開上渡輪，整段航程都在睡覺，在法國下船時天已經亮了，而且沒有霧。終於可以開在馬路正確的那邊，真是令人安心，我們經過高大的楊樹，工人把腳踏車停在路邊，在咖啡店喝今天的第一杯白蘭地。

我們進入德國，在前往維也納的途中過夜。二戰結束後才剛過七年，民宿老闆三十多歲，脖子粗壯、身材結實。我幾乎無法正眼看他。維也納依然被四方勢力分割，我們的旅館在美國佔領區。第一天早上，我們去蘇聯大使館申請許可，因為打算穿過蘇聯佔領區離開奧地利進入南斯拉夫。我們悠悠哉哉，蘇聯的公務員同樣悠悠哉哉。維也納很寧靜。我寫詩。那時剛好奧森・威爾斯（Orson Welles）[36]的新片上映，我和科比無論走到哪裡都會聽到齊特琴（zither）演奏《黑獄亡魂》（*The Third Man*）的主題曲。

上個月科比滿二十一歲，我二十四。那個年代的人都早婚，婚姻往往無法持久。我們和各自的父母報告過要出遊，但出發之後他們才會收到信。我們是兩個初嘗成人世界的小鬼，不想應付他們的擔憂。我們在維也納停留一週，拿到文件之後，加滿油，從荒涼的蘇聯佔領區出境。每條橋都有穿制服的青少年看守，每個都配備湯普森衝鋒槍。從維也納前往南斯拉夫邊境的路途，我完全沒有停車加油或用餐的記憶——但是一定有——直到抵達邊境，那位男士告訴我們怎麼去薩格勒布。

我們在十二月一大早的黑暗中駛進一座擁擠的城市，前往國際旅行社（InTourist）登記，這是一個政府單位，要求所有外國旅客回報動向。南斯拉夫全境的晚餐都是相同菜色，把看不出種類的肉（可能是羊肉）拿去炸，搭配炸玉米和炸豌豆。早上醒來時天氣很冷，我們穿上科比打包的厚毛衣，出發前往貝爾格萊德（Belgrade）[37]，不知不覺中，離開克羅埃西亞進入塞爾維亞。一九五二年，最終導致國家分裂的種族廝殺已經存在了。我們只知道這是一個動盪的國家，根據凡爾賽條約而成立，大致上是以覆滅的奧匈帝國為根基。印象中，二戰期間南斯拉夫有兩支反納粹游擊隊，彼此攻擊的次數不亞於攻擊德軍，其中一支由米哈伊洛維奇（Mihailović）[38]率領，另一支的領袖則是狄托。戰爭結束後，南斯拉夫落入狄托元帥與蘇聯手中。

這條公路是雙線道，沿路景色枯燥，路是灰的、天是灰的。貝爾格萊德高度發展，到處可以看到行人，範圍之大，足以讓開車的人搞糊塗。我們不知道自己身在何方，只會說一點很破的塞克語（Serbo-Croatian），所以也無法問路（南斯拉夫的第二外語是德文）。狗急跳牆之下，我停車，站在人群中隨機說英文與法文詞彙。最後終於找到一位會講法語的南斯拉夫人，只是程度像我一樣爛——科比的法文比我好太多，但她留在車上看守——我們比手畫腳，偶爾來句「tout droit」（直走）或「à gauche」（左邊）。終於我們找到了國際旅行社和飯店，飯店還算舒服，床上有巨大的靠枕。隔天早上我們退房，辦手續的員工會講英文。我們說要開車去Niš[39]，發音是尼什，他的表情立刻變了。「從貝爾格萊德去克拉古耶瓦茨

（Kragujevac）的公路是二流的。」他告訴我們。「從克拉古耶瓦茨再往前——」他停頓一下，營造不祥的氣氛——「只剩下三流的公路！」

前往克拉古耶瓦茨的路上經過一段丘陵，路面結冰，但沒有下雪。我們買了更多benzine（汽油），一路往尼什開去。公路逐漸變成長滿雜草的小徑，迂迴繞過障礙物。我們辛辛苦苦駛過幾條淺淺溪流。有時前方根本看不出有路，但又看到兩條車轍從高低不平的山谷冒出。有一次，開過泥濘原野時，我們的莫里斯汽車下陷到輪圈蓋，完全動彈不得。五個大男人扛著剷子來營救，將小車整個舉起來搬到硬路面。一路的冒險讓我們很興奮——也因為第一次享有真正只屬於兩人的小世界。

我們減速爬上山丘，下去時不斷踩煞車。我們瞥見路的對面有一條未完工的堅固高速公路，和這條路況糟糕透頂的路平行。水泥高塔矗立河流兩岸，但橋面還沒有蓋上去。我們看到遠處山巒一片青翠，布滿針葉林。一道峭壁看似人的側面，一位沒有下巴的山中老人。多數時候，我們無暇欣賞風景，因為路況太差，需要全神貫注。一整天，我們彈彈跳跳、搖搖晃晃往尼什的方向前進，一路沒有遇到其他車輛，沒有汽車、沒有卡車、沒有公車。我們經過一個小村落，擠滿小小的房屋，村民熱情歡迎我們，彷彿我們是來解救被敵軍圍困的軍隊。我們小心翼翼駕車穿過，所有人都對我們歡呼。一群小男孩騎腳踏車一路跟著我們，直到離開村落到了外面的原野。我們向他們揮手道別。

路上遇到驚險時我們會大呼小叫，但其他時候我們很少說話，也從不吵架。感覺就像我們還沒結婚。從大學時代交往到結婚，中間有一年的時間分隔兩地，只有通信。科比有點像小孩，不是智力方面，而是人生經驗不足。五〇年代很少有身高六英尺的女生，她就讀范恩女士小學（Miss Fine's School）與雷克利夫學院（Radcliffe College）時，因為身高問題而難以和同學打成一片。她很害羞，雖然有過暗戀的對象，但沒有真正交過男朋友。我交過幾個女朋友，但我們之間最大的差異在於我一心一意執著於文學，而我所娶的妻子面對我的決心時，態度始終冷淡消極。

建築物逐漸增加，國際旅行社介紹我們去尼什溫泉村，那是一個小村落，圍繞溫泉建造了許多沒人住的豪華飯店。櫃檯的一位男士幫我們辦理入住手續，同一位男士在空蕩蕩的餐廳送上油炸晚餐，第二天他又送上早餐，玉米粥配咖啡，然後我們就出發了。我們往史高比耶（Skopje）[40]的方向前進，這座城市位在馬其頓，接近希臘。一位行人伸出拇指招便車。我們載她去她的村落，她一路說個不停，非常友善，雖然我們聽不懂。她穿了五層裙子——科比數過——行進中，她不知從哪裡取出一個小布包，遞給我們陌生但美味的餅乾。科比嘗出原料有雞油與蜂蜜，接著說她從來沒有接觸過農民。我們駕車在歐洲遊歷的年代，正好是美國最風光的時期，一九四五至一九六三，消逝的時代，我們是天之驕子，完全沒想過南斯拉夫人民的生活如何。在我們眼中，他們就像未完工的水泥高速公路。

從尼什溫泉村前往史高比耶的路途沒有半輛車——像前一天一樣。路上沒有加油站，但有人告訴我們去哪裡加油。在兩座村落中間有一個軍用垃圾場，我們可以在那裡找到汽油。我停車、下車，大喊：「Benzine! Benzine!（汽油！汽油！）」一群小朋友指著一條坑坑洞洞的小路。他們騎腳踏車帶路。離開小鎮一英里左右，我們找到一個圍著鐵柵欄的垃圾場，裡面堆滿生鏽的油桶、各種金屬零件、一兩臺報廢的卡車。這裡感覺不像軍隊設施。一名中年男子打開閘門，招手要我們進去。科比站起來伸展高大的身體，我打開油槽的蓋子。管理員開心點頭，似乎很高興有訪客。他將一個油桶推到車子旁邊，把漏斗插進加油口，扛起油桶倒進汽油。我蓋好蓋子，從口袋拿出當地貨幣第納爾（dinars）。價格好像是一千七第納爾，我不記得了。他在莫里斯汽車行李箱蓋的灰塵上寫了一個數字。我姑且給了他兩千吧。他搖頭，指著那個數字。我比比他，要他收下，不用找零。他以為我沒弄懂。他在一千七上面寫上兩千，畫一條線，然後寫三百。我不知道該怎麼告訴他我沒有剛好的錢，於是我指著他寫的三百，然後用手勢表明那是給他的小費。他似乎很不安，但也很高興。那群騎腳踏車的孩子護送我們回村落。

到了史高比耶的國際旅行社，我們又聽到那個熟悉的問題。我們從哪裡出發？我說我們從貝爾格萊德出發，經過尼什到這裡。眼前那個人一臉驚愕。「可是那條路不通啊！」他說。他告訴我們，兩週前有一輛大巴想過都過不了。「真的不通！」

「我們知道，」我說。「我們知道。」

到了希臘邊界，我們又開上熟悉的雙線道公路，一座座橋跨越一條條河流。態度友善但做事拖拉的希臘邊境官員給我們兩杯很濃的咖啡，慢慢等他們填寫表格。我們以非語言方式交流，順利入境希臘。公路變得很奢華，鋪了柏油，也有加油站。我們到了接受馬歇爾計畫（Marshall Plan）[41]援助的國家。許多房屋漆成藍色，用意在於表達愛國，因為紅軍最近才剛被趕回阿爾巴尼亞。牆上依然有彈孔。天氣很溫暖，我們打開敞篷車的頂篷。前往薩洛尼卡（Salonika）的途中，我們停車在小攤前買午餐。比手畫腳的結果，我們買到一條雜糧麵包與一塊味道濃烈的白色起司。

在初斜夕陽中，我們從北方進入雅典，開上一座山峰。抵達頂端時，陽光炫得我們不得不往下看，衛城沐浴在一道落日下，彷彿擺好姿勢供人拍照。科比站在敞篷莫里斯車上，高大的身形有如愛奧尼亞柱[42]，手中拿著柯達相機。我感覺詩興來了。我們駕車前往目的地，入住民宿，每天早上從那裡出發去朝聖。我們探索帕德嫩神廟、外圍的衛城，以及下方的廣場。冬季時考古坑洞敞開，科比拿起一個墜子，這是織布時讓經線保持緊繃的東西，一個陶土做的小三角椎，頂端打洞。我們造訪提林斯（Tiryns）[43]、邁錫尼（Mycenae）[44]——以及開車前往德爾菲（Delphi）[45]，那天除了我們只有一個觀光客。我們在祭司駐地附近過夜。

在希臘的每一刻都充滿遺跡與歷史。我們徜徉在古典世界中，可惜內心始終有個陰影。或許回程途經南斯拉夫時，路會真的不通。我們該不會等到牛津的冬季學期開始都還無法離開南斯拉夫，在四流的公路邊凍餒而死吧？幸好我們在美國運通（American Express）[46]打聽到另一條路線，不但非常便宜，而且只需要半天時間。在雅典的海港城市比雷埃夫斯（Piraeus），我們將莫里斯車開上一艘船，穿過亞得里亞海，抵達位在義大利長靴鞋跟部位的布林迪西（Brindisi）。一九五三年剛開始，我們背棄南斯拉夫那條唯一的公路，換成拉溫納（Ravenna）[47]的馬賽克拼貼藝術，繼續往北穿越義大利，一開始始終保持敞篷狀態。我們在巴黎停留幾天，見了喬治．普林普頓和《巴黎評論》（*Paris Review*）的其他朋友。我們渡過英吉利海峽，沒有霧，回到班伯利路。

這段婚姻維持了十五年，一九六七年畫下句點。離婚很悲哀，向來都是如此，我們離婚和結婚的理由一樣。我從小生長在一九二〇年代舒適的郊區。科比的家族在牙買加農場種植甘蔗。我們的出身背景天差地遠，日常生活的品味南轅北轍。我在文學上的抱負不適合科比的保守性格。這些差異，一開始很有新鮮感，後來卻變成毒性與破壞性。幾年後我再婚，一九七五年與珍一起搬回在新罕布夏的家族故居。科比沒有再婚。她接受過心理分析之後，自己也成為心理治療師，在安娜堡極富聲望，我也在那裡任教。她成為獨立、活躍的女性，積極參與政治。孩子長大之前，我們一直保持聯絡。一九九一年，我們的子女在新英格蘭上大學、工作，為了方便與兒孫見面，科比搬離密西根州，在東部定居。雖然我們住的地方相距不遠，但十多年來我們從不曾見面。兒孫生日時，都會舉辦兩場派對。

後來科比生病，越來越嚴重——兒孫萬分痛心，我也感到惆悵後悔。沒想到我們竟然因此又再次見面，令人驚喜又感恩，能夠坐在她身邊回憶往事是一種安慰。我們聊起從牛津去雅典的旅程。可惜沒有美滿大結局，因為如果一切都很美好，就代表還沒有完結。二〇〇八年，科比死於癌症。我苟活到八十多歲，雖然身體失能、大部分的時間孤獨一人，但我持續寫作，莫名開朗。人生只有一條路。

31 本名約瑟普・布羅茲（Josip Broz），南斯拉夫社會主義聯邦共和國總統、總理、元帥，執政長達三十六年。

32 南斯拉夫社會主義聯邦共和國時期，薩格勒布是全國重要的經濟中心和全國第二大城市。今為克羅埃西亞首都。

33 約一八二公分。

34 牛津大學早期的學士後研究學位，後來被文學碩士取代。

35 英國維多利亞時期小説家。

36 美國導演、編劇、演員。

37 南斯拉夫首都。

38 第二次世界大戰期間南斯拉夫的塞爾維亞將軍，其部隊名為「南斯拉夫祖國軍」。戰爭結束後，米哈伊洛維奇被狄托控制下的南斯拉夫聯邦人民共和國所逮捕，判決其犯下戰爭罪行，並槍決處死。

39 今塞爾維亞第三大城。

40 今馬其頓共和國首都。

41 官方名稱為歐洲復興計畫（European Recovery Program），是二戰後美國對戰爭破壞後的西歐各國進行經濟援助、協助重建的計畫。

42 希臘三柱式之一，西元前五世紀，由愛琴海島嶼及小亞細亞沿岸的愛奧尼亞人發展而成。主要特徵是擁有一對卷渦的柱頭，像羊角，柱身細長。

43 提林斯是希臘邁錫尼文明的重要遺址，神話中赫丘力士完成十二偉業即在此處。

44 邁錫尼是位於希臘伯羅奔尼撒半島東北阿爾戈斯平原上的一座愛琴文明城市遺址，荷馬史詩傳説中亞該亞人的都城。

45 德爾菲為古希臘福基斯地區的重要城鎮，古希臘人認為是世界的中心，是奉獻給太陽神阿波羅的聖地，亦為阿波羅神女祭司皮媞亞的駐地。

46 美國的金融服務公司，除提供信用卡、保險、投資管理等金融商品外，也提供旅遊服務。

47 義大利北部的城市，擁有豐富的馬賽克遺址。

謝謝、謝謝 *Thank You Thank You*

四月是詩月，美國詩人學會如是說。二〇一三年四月總共舉辦了七千四百二十七場詩歌朗誦會，其中許多是在星期四。一九二八年出生並且關注詩壇的人，一定會覺得這個數字非常驚人。一九四八年四月，美國只舉辦了十五場朗誦會，其中十二場是羅伯特．佛洛斯特。

我只是隨便說說。數字純屬想像，不過大家應該懂我的意思。

當一位詩人朗誦結束，她略微停頓，然後說「謝謝」，並且點一下頭，就表示觀眾可以鼓掌了。掌聲響起，她再次說「謝謝」，得到更多掌聲。有時候她會說上很多次，有時他也會。否則觀眾如何得知詩人不會繼續朗誦六個小時？

無論好壞，詩是我的人生。我很喜歡朗誦之後的發問時間。有一次去內布拉斯加州（Nebraska）[48]巡迴，我在大禮堂朗誦給高中生聽。結束之後，有人想知道我是如何開始寫詩的。我告訴他們，十二歲那年，我很愛看恐怖片，因此讀了愛倫坡（Edgar Allen Poe）[49]的作品，後來……前排一位年輕人揮手。我暫停。他問：「難道不是為了把妹？」

我還記得哈姆登高中的那些啦啦隊員。「這招要等年紀大一點效果比較好。」我告訴他。

每個世代都有幾個會公開演出的詩人，以前我也是其中之一。一九二〇年代是韋切爾・林賽（Vachel Lindsay）[50]，有時他朗誦到一半會突然跪下。接著是羅伯特・佛洛斯特，靠巡迴朗誦賺取大部分的生活費。他能言善道，節奏感為自然的詩句增色，在朗誦之間，他很會逗觀眾笑。有時他會在臺上扮演雞農[51]，可愛又純樸，讓臺下仰慕的觀眾發出陣陣溫柔歡笑。有一次，朗誦會結束之後，我參加會後雞尾酒會，他吃著惡魔蛋、啜飲馬丁尼，大肆詆毀眾詩人的名譽：艾略特（T. S. Eliot）[52]、威廉・卡洛斯・威廉斯（William Carlos Williams）[53]、華萊士・史蒂文斯（Wallace Stevens）[54]、瑪麗安・摩爾（Marianne Moore）[55]……

在那個年代，其他知名詩人一年頂多公開朗誦兩、三次。如果他們活在現代，八成可以靠朗誦會過上豐衣足食的生活，勝過擔任費伯出版社（Faber and Faber）的編輯、婦產科醫師、保險公司高層，或者布魯克林圖書館員[56]。

一九五二那年，我第一次朗誦，地點是牛津大學的謝爾登劇院（Sheldonian Theatre）。那首詩寫得不好，但是得了獎，我朗誦其中一段。倫敦《泰晤士報》稱讚我「音調十足哀傷」。三年後，我第一次朗誦整首詩，我的雙手生硬下垂，音調沒有起伏，音量也不夠大。我的臉龐僵硬，面無表情，毫無血色——有如通敵賣國的死囚在槍決時面對行刑隊。

有一次在佛州一所學院為大學部的學生朗誦，問答時間剛開始都是常見的問題：詩與散文的差別何在？然後我聽到一個從來沒出現過的問題：「您身兼詩人與賀曼賀卡公司（Hallmark cards）的董事長，如何調配時問？」這位好奇的學生上網查過資料，發現那家濫情工廠的負責人名叫唐納．霍爾。

這個名字很常見。有一次在朗讀之前，一位先生問我：「您是唐納．霍爾嗎？」

「我是。」我說。

「我也是。」他說。

在機場鈦金走道的盡頭，一位男士拿著一個牌子，上面寫著詩人的名字。這位助理教授開車載她去校園，一小時的車程，他一路緊張兮兮聊著不知道是否能得到英文系的終身教職。隔天送她去搭機時，他請她寫一封推薦函。

一九五五年，我的第一本書出版，獲得許多好評，我又出第二本書，詩作也登上報章雜誌——但沒有人邀請我朗誦。我在密西根大學任教，學校從不舉辦朗誦會。在課堂上，我興致勃勃地朗誦偉大詩人作品，逐漸培養自信——懷亞特（Thomas Wyatt）[57]、濟慈（John Keats）[58]、狄更生（Emily Dickinson）[59]、惠特曼（Walt Whitman）[60]、葉慈（William Butler Yeats）[61]、哈代（Thomas Hardy）[62]——在不知不覺間磨練舞臺技巧。一家文學經紀公司打電話來，付費邀請我前往大學朗誦我自己的詩，我大吃一驚。後來又有其他機會，不用上課的日子，我就搭飛機去朗誦。密西根大學的薪水很低，多數教師都必須教暑期課程以增加收入。而我卻可以待在家寫作，不必在悶熱的教室教導蘇格拉底反詰法。

朗誦邀約的電話越來越多，我猜想詩歌朗誦大概成為一時的流行，就像一堆人硬擠進電話亭那樣；只要還有機會，我就會樂在其中。

當我的世代學會了朗誦，舞臺取代印刷成為發表管道，我們聽到詩的變化。聲音一直是我通往詩的管道，但是一開始，聲音是透過視覺想像。逐漸地，在口中有如果汁的響亮母音或在口中有如大塊木頭的子音，給予詩表現的形體。狄蘭・湯瑪斯（Dylan Thomas）[63]做出示範。查爾斯・奧爾森（Charles Olson）[64]曾經說：「表現方式頂多只是內容的延伸。」說真的，內容頂多只是口交的替代品。英語詩當中最情色的作品就是《失樂園》（*Paradise Lost*）[65]。

專注在聲音時，就像做其他事一樣，有些必須注意的事項。一天早上，修改一首詩的時候，我察覺一段新詩句的隱喻太老套或僵化，但我發現只要大聲念出來就可以接受。要注意。詩必須在舞臺上可行，但也要在書頁上可行。我的世代剛開始時，詩是印在紙上的，然後才成為聲音。我們很幸運，能夠同時使用兩種模式。

* * *

一位英文系主任曾經警告一位友人她即將面對怎樣的群眾。「他們被迫出席，」他說，「他們什麼都聽不進去。有時候我會請學生開窗或關窗，只是為了確認他們還活著。」他深深嘆息，終身教職實在太沉重。「要不是

《紐約客》雜誌每週四都會出刊，我真不知道要怎麼活下去。」

據說荷馬也會朗誦他的詩。聽說幾百年後的丁尼生（Tennyson）[66]也會為維多利亞女王朗誦，但除此之外就很少聽說有古詩人朗誦。一九三〇年代，葉慈乘火車橫越美國，從東岸到西岸，但這位柔情詩句大師沒有朗誦。當他為了增加收入而造訪大學時，朗讀了演講的逐字稿〈三位愛爾蘭偉人〉（Three Great Irishmen）。或許以前的人會付錢請詩人不要朗誦他們的詩？

我運氣不錯，大學時期，念的學校是美國唯一贊助詩歌朗誦的大學。艾略特很不錯，但大部分的詩人表現力不足——明明是超凡脫俗的好詩，但他們卻像在讀電話簿。威廉・卡洛斯・威廉斯朗讀時速度太快、聲音尖細，但似乎樂在其中。華萊士・史蒂文斯似乎很討厭他美麗的作品，毫無抑揚頓挫，而且幾乎聽不見（說不定他擔心公司同事會取笑他）。瑪麗安・

摩爾平平板板的語調非常奇特，一如她難以模仿的藝術。當她在朗誦之間說話時，也是用同樣平平板板的含糊語調。因為她經常修改或刪減作品，聽眾必須很專心，才能分辨出她是在朗誦還是說話。二十分鐘後，她神情沮喪，說出一句「謝謝」。狄蘭．湯瑪斯朗讀的那一次，我彷彿飄在觀眾席上，聽他朗讀葉慈的〈天青石雕〉（Lapis Lazuli）。之後他朗讀自己的作品，為他豐厚盈潤的威爾斯發音器官量身打造。我發現自己又飄起來了。從一九五〇年到一九五三年於紐約逝世，湯瑪斯四度訪美，在許多地方朗誦過許多次，從紐約的詩藝中心（Poetry Center）到數十所位在西部的大學院校。佛洛斯特暫時失去稱霸朗誦的地位。

我經常大肆抱怨那些僵化隱喻[67]，我認為如果「我黏在椅子上」等於「我定錨此處」，那麼，不就是在說拖船等於強力膠？一次的問答時間，我又談起這件事。那天下午，我滿腦子想著使用殘障作為隱喻的陳腔濫調：**跛腳的經濟、盲目的野心、對乞求充耳不聞、產業癱瘓**，以及……

最後總結時，我在無意中說出：「這些隱喻都很無腦。」

為什麼大家狂笑？

狄蘭．湯瑪斯之所以熱門，不只是因為他的聲音和詩句。湯瑪斯是明星，大部分的人之所以參加他的朗誦會，都是因為「狄蘭大師奇譚」——爛醉如泥，在派對上創意十足的猥褻行為，多次色誘失敗，每晚昏迷——不過，即使觀眾是因為他的名氣而來，至少他們也是去聽詩歌朗誦。朗誦會大爆發或許也是因為文化改變了。歌曲不再是乏味的商業音樂，歌詞也變得值得回味。大家都聽鮑布．狄倫（Bob Dylan）[68]，他們聆聽宛如詩句的歌詞。當人們聽慣了舞臺上演唱值得記憶的語言，也就能夠聆聽在禮堂中朗誦的詩。密西根大學開始固定在每週二下午四點舉辦詩歌朗誦會。每週都有大批學生出席，甚至多達三百人，吸收他們所聆聽的東西。一次朗誦會後，我遇見女兒的朋友莎拉。她背出週二詩人朗誦過的詩句。「妳讀了她寫的書！」我說。噢，沒有，她說。莎拉記住了詩人朗誦的內容。

有一次在巡迴朗誦結束後，司機載我去一戶人家參加派對。我要在那裡過夜，他去旅館睡覺，第二天早上六點再來接我。那場派對很好玩；那場派對很漫長。那個年代的人還會喝烈酒。凌晨四點，主人倒在沙發上睡著了，顯然那是他每天的習慣。我沒有察覺，因為我忙著勾搭一位美女，她丈夫昏昏沉沉站在她身邊，然後突然醒過來揍我。他的拳頭瞄準我的下顎，但速度太慢，我順利躲過。三分鐘後，我們成為永遠的朋友。六點整，我站在人行道上等司機來載我去下一場朗誦會、下一場派對。

有一年冬季，一位詩人朋友在密西西比州朗誦，結束後，一位男士交給她一個很重的箱子，裡面全是打字的紙，他說：「我想和妳分享我寫的詩。」她翻閱了一番「退休士官長的詩」，發現根本讀不下去。她告訴我這件事，聲稱「分享」已經變成偽裝成善意的攻擊了。「要是妳敢不讀我的詩，我就把妳的眼睛挖出來。」

作家柏特・霍恩巴赫（Bert Hornback）負責安娜堡每週二的朗誦會，因為英文系經費微薄，他向大學高層申請到一筆專款。每週舉行朗誦會十年後，那筆錢燒光了，他只能眼睜睜看著無能的英文系將朗誦會縮減成每年一次。他決定自己設法突破困境。八〇年代某個一月的一天，他租用大學的雷克翰禮堂（Rackham Auditorium），舉辦售票聯合朗誦會——一張票五點五元，其中〇點五元是售票系統收取的費用——邀請幾位朋友來朗誦：溫德爾・貝里、高爾威・金內爾（Galway Kinnell）[69]、莎朗・歐茲（Sharon Olds）[70]、謝默斯・希尼（Seamus Heaney）[71]——當時謝默斯還沒有得諾貝爾獎。那個週五晚上——同一天還有主場棒球賽、芝加哥交響樂團公演——柏特的朗誦會場擠進了一千一百位花錢買票的愛詩人士。消防局核准出售一百張站票，全部售罄，柏特趁消防局不注意的時候，又偷偷增加了一些站位。出乎意料的大批詩迷從克里夫蘭、芝加哥、密爾瓦基趕來，甚至有人來自偏遠的上半島（Upper Peninsula）。每位詩人朗誦四十分鐘，休息一下，繼續朗誦十分鐘。會場外，買不到票的群眾氣惱抱怨。

據說黃牛票最高喊到五十元。

紐澤西州的道吉詩歌節（Dodge Festival）[72]場面盛大，聚集了詩人、教師、學生。每位詩人舉行座談會、問答時間、朗誦。第一天晚上，二十五位詩人登場，每人朗誦幾分鐘，臺下觀眾多達三千人。坐在帳棚後排的觀眾絕對看不到詩人的臉，幸好主辦單位使用大螢幕放大影像，就像達拉斯牛仔隊[73]比賽時那樣。為了拍攝特寫，詩歌節使用了黑色的鋼鐵關節攝影搖臂，可以拉長、收回讓攝影機前後移動，金屬觸手捕捉每個面部細節。感覺彷彿在尋覓蛋白質來源。

詩歌節歷時一週的朗誦、座談結束後，前一年的普立茲詩獎得主收到來自南卡州一位女士的厚厚信封，她愛上他了。信封裡裝著一大疊情詩，她說其實還有九十七首，可惜郵票不夠用。她附上一張照片，一位熟齡女士站在牧場式住宅前，她敦促他立刻搭機南下，隨信附上一張日期空白的機票。

當觀眾愛你，或者把你當成永恆神祇，雖然可以高興一下，但絕對不要當真。有人說我的朗誦是她聽過最美的；一位男士告訴我他讀我的作品三十年了，他說我是美國文學巨擘。我知道我不是。我相信當他們說出這些溢美之詞時，心中真的如此相信，就算和他們爭辯也沒用。我大可以告訴他們多少人以白紙黑字的方式將我貶得一文不值。我大可以列出那些我沒有得到的獎項、沒有入選的文集。但是最好還是相信那些人，然後忘記那些讚美。現代詩人當中，贏得獎項與讚譽的那些，獲得最多掌聲的那些，無論走到哪裡都得到帝王級待遇的那些——也可能是帝王雕像的待遇——十有八九，三十年後不會再有人讀他們的詩。詩人究竟好不好，群眾怎麼會知道？詩人不會掛念自己能出名多久、得到多大的榮譽。如果有詩人宣稱自己的詩永垂不朽，他們絕對是憂鬱症、撒謊、精神病其中之一。訪問艾略特時，我將最狡猾的問題留到最後。「你知道自己寫得好不好嗎？」後來印行發表的回答是修改過的，在那當下，其實他脫口說出：「老天，當然不知道！你知道嗎？有頭腦的人都不會知道自己到底寫得好不好。」

看啊，這群可悲的桂冠詩人。

有時候，觀眾人數不會高達三千。我的一位朋友抵達會場時，發現只有一位觀眾。他們一起出去喝啤酒。我也聽說過另一位詩人到場時發現只有兩位觀眾。她很認真地上臺完成朗誦，然後下去和觀眾握手。其中一個死了。

年輕的時候，我的音量可以傳得很遠，但現在如果不用麥克風，到第十排就聽不見了。不只是因為年老體衰。一旦習慣使用麥克風，音量就會變小（舞臺劇演員轉行拍電影，二十年後重回百老匯或倫敦西區劇場，觀眾都會聽不見他們的聲音）。不過，借助外力放大音量也有好處。我有一首詩必須學牛叫。牛的肺比人類大。我靠近麥克風，音量不用太大就可以讓大家都聽見，而且可以持續到像牛哞哞叫一樣長的時間。靠近麥克風可以節省肺活量，讓我能夠輕柔朗誦出：「哞——喔喔——喔喔——喔喔——嗯嗯嗯。」朋友都說那是我寫過最棒的詩句。

全體觀眾一起進行的問答時間結束之後，接下來就是一對一時間。觀眾排隊簽名。有些人會要求寫獻詞給別人：「請幫我寫，『送給親愛的比利，來自最會烤好吃磅蛋糕的可愛老婆席拉。』」簽名的人應該一本正經照寫，但也可以稍微編輯一下。排隊的所有人都必須仔細說清楚名字怎麼寫，否則「菲麗西雅」會變成「費力吸呀」（有一次在一所小學，一位小朋友請我寫「給爸媽」。我告訴他我父母過世了。後來我們合力解決了這個問題）。如果排隊的人很少，詩人就可以把他們當成個體，一一和他們說說話。如果隊伍很長，就會變成很難分辨排隊的人。排在最後的一定是主辦人——邀請詩人來校園的那個人、去機場接機的那個人、陪詩人聊很久的那個人、送上支票的那個人、送上書要求簽名的那個人——而詩人完全不知道他叫什麼名字。

有次我在明尼蘇達州的一所學院朗誦。校長領我上臺，告訴我一件之前忘記說的事：合約要求我朗誦五十分鐘，但其實只要二十五分鐘就好，因為我朗誦結束之後，學生要選今年的返校舞會王后。禮堂擠滿人（會後午餐時，一位英文系教授告訴我，他們進場時嚇了一大跳：竟然有這麼多學生來聽詩歌朗誦！）。朗誦結束之後，鼓掌很久。當觀眾鼓掌太久，表示他們根本沒有在聽。一位年輕小姐上臺，她身穿禮服、頭戴金冠，站到我剛剛離開的講臺上。她是去年的返校舞會王后，負責主持今年的票選與加冕。六個穿著禮服的女生站在舞臺兩邊。「現在，」退役王后說，「現在終於來到大家期待已久的時刻！」

校長和我一起站在舞臺上，對我低聲耳語：「她不是那個意思！」

* * *

有一次，我花了半天的時間搭飛機到奧克拉荷馬州，準備第二天早上前往阿肯色州，去一間小型基督教大學的禮拜堂朗誦——硬性規定所有學生參加。有時候，在這樣的地方，會有一種自滿的虔誠籠罩在校園與學生頭上，有如洛杉磯的霧霾。有時候，這些地方的聽眾活力十足又積極回應。很難規畫要朗誦什麼，但我絕不會為了配合主辦單位而選詩。這一次學校派出三個人來接機——英文系主任，她有點害羞，不太說話；人文學院的負責人，他熱愛詩，對文學有廣泛的知識；以及一位年長女士，她是邀請我的人，頭銜好像是榮譽學院院長[74]，她十分外向健談，風趣機智又溫暖。因為車程很長，我們先在機場外面吃晚餐然後再出發。我去洗手間，出來時聽到院長對兩位同事說話：「唉，我一定要跟他說。」

我坐下，她轉頭看我，以親切的態度開口——大大的笑容，說出她必須說的話，絲毫不以豪邁用詞為恥。「唐納，明天如果你在禮拜堂說『幹』，我會被炒魷魚。」

有些朗誦會因為發生奇特的事而令人難忘。有一次在賓州蘭開斯特（Lancaster）的禮堂，交響樂團剛結束排練，詩歌朗誦即將開始。主持人與詩人得幫忙把譜架搬到後臺。在倫敦，一次朗誦安排在傍晚六點開始，地點是古老的原野聖吉爾教堂（St Giles-in-the-Fields），朗誦之前必須先進行晚禱。另一次，在墨西哥的恰帕斯州（Chiapas），八位作家坐在舞臺上恭候州長大駕光臨。當州長終於在大批拿著機關槍的保鑣簇擁之下抵達，原本人數眾多的觀眾早已走光了。我們等得很累了，於是各自為州長朗誦五分鐘。

「Gracias（謝謝），」我們說，「Gracias。」

我蹣跚邁入八十歲，一切都變了，我的朗誦也變了。我依然能夠演出，但我的身體無法支撐；我必須坐著朗誦。當又臭又長的介紹終於結束，我搖搖晃晃從後臺出去，屁股小心翼翼對準椅子。有一陣子，每次朗誦時我都會先讀一首當時正在嘗試的短詩，內容描述我十一歲時看外公擠牛奶的事。在詩中我問自己，如果外公看到現在的我會有什麼反應。每次我朗誦完這首詩，觀眾席總是會有一段沉重的空白，相當長，足以讓耙草機開過去，接著大家會起立鼓掌。以前從來沒有朗誦完第一首詩，觀眾就起立鼓掌的狀況，現在發生了一次又一次，從賓州到明尼蘇達州到加州，這讓我覺得自己寫了感人肺腑的詩。我把那首詩印了幾份寄給朋友，滿心以為會得到讚美，但他們卻用很委婉的方式告訴我那首詩糟透了。我感到困惑又迷惘，最後終於想通了。觀眾不久前才看我步履艱難拿著拐杖上臺，大費功夫坐下，整個人氣喘噓噓。他們想像我的外公一臉驚恐看著會說話的屍體。他們起立鼓掌，因為他們知道再也不會見到我了。

48 位於美國中西部的一個州。
49 十九世紀美國詩人、短篇小說家，擅長恐怖、犯罪、偵探題材。
50 美國詩人，被視為現代詩歌的先驅之一。
51 佛洛斯特曾於一九〇〇至一九〇九年在新罕布夏的德理鎮養雞。
52 詩人，於美國出生，後加入英籍。其作品對二十世紀乃至今日的文學史影響極為深遠。一九四八年獲諾貝爾文學獎。
53 美國詩人、小說家，創作特點是堅持使用口語。對美國現代詩歌影響深遠。
54 美國現代主義詩人，曾獲普立茲詩獎。
55 美國現代主義詩人、評論家、翻譯家、編輯。曾獲美國國家書卷獎、普立茲獎。
56 艾略特曾任費伯出版社編輯。威廉．卡洛斯．威廉斯是醫師。華萊士．史蒂文斯是保險公司高層。瑪麗安．摩爾早年曾擔任圖書館員。
57 十六世紀英國政治家、外交家和抒情詩人。
58 十九世紀英國浪漫派詩人。
59 十九世紀美國詩人，名列美國最偉大的詩人。
60 十九世紀美國詩人，文風兼具超驗主義與現實主義，有自由詩之父的美譽。
61 二十世紀愛爾蘭詩人，為二十世紀文學界最具代表性的人物之一。
62 二十世紀英國小說家、詩人。
63 威爾斯詩人、作家。
64 美國現代詩人。
65 十七世紀英國詩人約翰．彌爾頓（John Milton）以《舊約聖經．創世紀》為基礎創作的史詩，文體為無韻詩，出版於一六六七年。

66 十九世紀英國著名詩人，深受維多利亞女王賞識，一八五〇年獲得桂冠詩人稱號，後來又在一八八四年受封為男爵。

67 僵化隱喻（dead metaphor）意指隱喻已經脫離當時的情境而成為約定俗成的概念。

68 美國創作歌手、藝術家和作家，有搖滾詩人之稱號，在流行音樂界和文化界引起的影響已超過五十年。二〇一六年獲頒諾貝爾文學獎。

69 二十世紀美國詩人，曾獲得美國國家書卷獎和普立茲詩獎。

70 二十世紀美國詩人，於二〇一三年獲得普立茲詩獎。

71 二十世紀愛爾蘭詩人，於一九九五年獲得諾貝爾文學獎。

72 由潔若汀・道吉基金會（Geraldine R. Dodge Foundation）贊助的詩歌活動，兩年一度固定在紐澤西州舉行。

73 美國國家橄欖球聯盟的一支球隊。

74 美國一些大學設有榮譽學院，供成績傑出的學生在就讀一般大學的同時，修習更深入的課程。

蓄鬚記 *Three Beards*

一生中，我蓄過三次鬚，成年後大部分的時間臉都被鬍鬚蓋住。我現在的鬍鬚十分驚人，我打算帶進墳墓裡（我必須避免化療）。我每次蓄鬚都與女人有關，第一次蓄鬚是應第一任妻子科比的要求。她為什麼想要我蓄鬚？或許她厭倦了一直看同樣的臉。也可能她覺得鬍鬚很粗獷；總之我蓄了。在五〇年代，沒有人留大鬍子。艾森豪的時代一如開國元勛的時代，所有人的下巴都乾淨溜溜；南北戰爭時代，大鬍子像敗血症一樣普遍。住在新罕布夏的內外曾祖父都留鬍鬚，一位是參戰的反戰派，一位是年紀太大不能參戰的綿羊牧場主人。一九三〇年代，我開始懂事的時候，只有古怪的親戚佛里曼蓄鬚，就連他在夏季時也會刮一次鬍子。每年九月，他都必須忍受長達兩週的癢。許多男人嘗試過蓄鬚，但往往撐不到五、六天就癢到受不了，想把皮掀掉。於是只好拿起刮鬍刀。

儘管很癢，我依然堅持下去，直到模樣有如馬修．布雷迪（Mathew Brady）[75]攝影作品中的人物。至少不像密西根大學的英文系教授。我們系的年老系主任，頭腦靈光、雙手靈巧。他說話時，句子結構完整，語法無懈可擊，他說話的感覺有如英國國會議員——但是操著一口美國中西部口音。他以姓氏稱呼所有教職員，總是叫我「霍爾」。開始蓄鬚的那年暑假，我去系辦拿信件。我穿著塑膠夾腳拖、鬆垮條紋短褲、底特律老虎隊的T恤，滿臉鬍渣的造型很像現在《浮華世界》（*Vanity Fair*）雜誌的男模。系主任跟我打招呼時，特地用上我的職稱：「早安，霍爾教授。」

安娜堡的週末永遠有餐會和雞尾酒會。女性穿上束腰，男性灰西裝胸前的口袋露出袋巾尖角。在臉頰光溜溜、抽切斯菲爾德香菸的賓客當中，只有我一個大抽雪茄，如此一來讓我的大鬍子更醒目，而且氣味使客廳變得不宜人居。上課時，我會邊抽雪茄邊來回走動，將菸灰彈進錫製的垃圾桶裡。前排的女生也抽菸，她們從藍色軟皮菸盒拿出的香菸上印著金色百合花圖案。六〇年代到來，如果上課時我覺得沒精神——可能通宵陪來訪的詩人——就會走到前排，問有沒有人帶了減肥的那個東西。立刻就會有女學生送上小瓷盒，裡面裝滿右旋安非他命或圓形粉紅小藥丸。服用右旋安非他命之後，我講課的速度會變得很快，音調不斷提高，最後只有狗能聽見。

當我蓄鬍的時候，每次母親來看我，都會望著地板，對我說話時也不看我的眼睛。為什麼她這麼討厭鬍鬚？她很愛她的爺爺和外公，也很愛怪親戚佛里曼。至於下一代，也就是她的父親衛斯理，他大概一週刮一、兩次鬍子。週日要上教堂，所以週六晚上衛斯理都會坐在浴缸上，用直式剃刀對鏡刮下巴，鏡子上的時鐘有二十五小時。

一九六七年，多年來我岌岌可危的婚姻終於徹底破裂。當反越戰熱潮席捲美國校園，我和學生一起示威，他們讓我放棄雪茄，改抽用雪茄菸皮包大麻。「做愛不作戰」的口號讓男男女女一同加入，喚醒了所有人的政治良心。中產階級郊區布隆菲希爾（Bloomfield Hills）出身的男學生為了證明自己也是反戰運動的一分子，特地在街頭乞討零錢。

我簽署最後一份離婚文件時，是在局部麻醉的狀態下，我的左側睪丸需要進行切片檢查。腫瘤是良性的，但離婚不是。我把鬍子刮掉，因為世界變了。母親雖然因為我離婚而苦惱，但她終於重新看我的臉了。我突然變單身又沒了鬍鬚，害我的朋友都被搞糊塗了。我依然受邀去別人家吃飯，因此也邀請別人來家裡吃飯。我邀請八個人來。突然發現沒有餐墊，於是拿出用過但洗乾淨的尿布，我當初是買來擦盤子用的。我準備了兩道主菜：什錦火雞沙拉、奇蹟豆。我買了三條火雞肉捲，剁碎之後和洋蔥、芹菜拌在一起，加上羅勒葉和兩罐 Hellmann's Real 美奶滋。非常美味，奇蹟豆也很好吃。加熱十罐 B&M 焗豆，加上大蒜，這裡同樣要加羅勒葉，然後來點黃芥末粉，攪拌均勻就可以上桌了。我的朋友很喜歡來我家吃飯。我擺出八瓶冰涼的高級白酒，都是路易拉圖（Louis Latour）酒莊的夏山—蒙哈榭．小石園（Chassagne-Montrachet Cailleret）白酒。

五年後，我和珍再婚，當時她還是研究詩的學生，到了一九九五年她過世時，已經出版了四本詩集，並且贏得古根漢學者獎（Guggenheim

Fellowship）。她的作品越來越出色，和她一起生活也越來越精彩。她的詩逐漸成功，她也逐漸允許自己漂亮。珍最後那段時間的照片記錄了兩個不同的她，全都很美。一個她極度空靈，幾乎隨時可能拋開肉體昇華；另一個她很肉慾。她的詩結合了兩個珍，而這正是詩必須做到的事。我們結婚的時候，我把鬍子刮得乾乾淨淨。她看到舊照片，決定我應該重新蓄鬚。她觀察我受搔癢折磨的過程，寫了一首詩，名字是〈開始蓄鬚的八天〉（The First Eight Days of the Beard）。

一、一頁驚嘆號。

二、軍校生全班立正。

三、一群鰻魚。

四、站立的通勤族。

五、印度教上師的釘床。

六、不知名國家的旗杆。

七、在月桂樹上休息的蜈蚣。

八、臉上的腳指甲。

幾個星期之後，我臉上的鬍鬚終於看得出來是刻意留長，而不是疏忽懶惰，兩個月之後呈現出一派虯髯風貌。我希望鬍鬚能直直往下長，蓋住腹部，但我的鬍子總是變成小鬈，活像聖誕老人的陰毛。

我們在安娜堡住了三年。我們很喜歡那時住的房子，老派風格，房間很多。但是那棟房子位在鬧區，我們不喜歡住在人那麼多的地方。每年一次，我們回新罕布夏造訪故居，我的外婆凱蒂在那裡生活到九十多歲，小時候暑假我都會去那裡。從門廊可以看到公路前方的一棟小屋，那是一八九〇年代為農工建造的，除此之外，沒有任何類似房屋的建築。珍愛上了這棟一八〇三年建造的木板屋，附帶一八六五年建造的牛舍與快要倒塌的小糖廠。房子背靠雷格德山（Ragged Mountain），外公會把牛帶去山上放牧。往南五英里則有基薩奇山。狹長的山谷裡有一片片草原。珍很喜歡馬路前面一點的松利雜貨店——紅酒與火爐煙囪、烤牛肉與紀念菸灰缸——每天早上，鄰里的人都聚集在那裡說笑話、聊八卦。我們目瞪口呆地開車環繞鷹池（Eagle Pond），穿過一家養豬場，開上加拿大路，經過佛里曼倒塌的棚屋。有一次造訪時，我們在週日參加了南丹伯里基督教會的禮拜，外婆在那裡負責彈風琴長達八十年。我的親戚都叫我「小唐」，牧師講道時引用「德國詩人里爾克[76]」。

外婆住進皮博迪安養之家後，母親和阿姨們問我們外婆過世之後想不想買下那座農莊，我們同意了。一九七五年，我辭去終身教職，我們移居新罕布夏。以自由撰稿的收入支付生活所需與房貸有點可怕——不過我們辦到了，我樂在其中。搬來新罕布夏之後是我們人生中最美好的幾年。我的詩進步了，也為雜誌撰寫棒球與新罕布夏相關的文章。年復一年，珍全心全意投入詩的生活，我們在雙人隱居的狀態下成長茁壯（新罕布夏憲法嚴禁餐會）。日復一日，美好得一成不變——我暗中策畫來個大改變。

蓄鬍十三年後，我要在聖誕節偷偷剃掉。我買了一瓶 Barbasol 牌的刮鬍膏和一包拋棄式刮鬍刀，找了一把銳利的剪刀，把這些東西一起藏在浴室裡。那年聖誕節，家裡來了很多人。我母親露西，珍的母親寶莉，以及我的兩個孩子，大學年紀的安德魯與菲麗芭。聖誕節當天早上，我們吃完早餐然後拆禮物。接下來就沒事了，大家昏昏欲睡等火雞烤好。我等到所有人都用過浴室，然後偷偷溜進去，關上門，拿出我的工具。我拿起剪刀，看著洗手臺上方鏡子裡的自己。我猶豫了。我真的想這麼做嗎？想到在客廳打瞌睡的家人，我堅定決心。我剪斷下巴與臉頰上的大片鬍鬚，一把把扔進垃圾桶。我非常小心，生怕會在臉上戳出一個洞，就這樣剪掉絕大部分的鬍子。殘留的部分感覺很像亂割過的牧草原，東一塊、西一塊，長短不一。我抹上刮鬍膏，拿起刮鬍刀。我每刮一吋，刀片就塞滿鬍鬚卡住。我打開水龍頭沖洗。我的皮膚重見天日，回到〈開始蓄鬚的八天〉之前的模樣——只是多了一層雙下巴。

我走進客廳。菲麗芭尖叫。珍和她媽媽驚恐地從廚房跑出來，準備打電話報警。現場所有人大呼小叫，連牆上的石膏都為之震動。母親張大嘴盯著我看，然後笑了。只有安德魯平靜微笑，樂呵呵欣賞我對家人的惡作劇。吃火雞和餡料時，我一直感覺到有人抬起頭來看我，確認這張新的臉。那個溫暖的聖誕節午後，吃完三塊派之後，安德魯拉著我在門廊坐下，幫我修掉沒刮乾淨的部分。接下來幾天，鄰里鄉親的反應大多是這樣：一陣迷惑，然後放聲大笑。然而，之前來幫忙修爐子的蹄鐵匠說什麼都不肯相信真的是我。我在馬路前面的雜貨店，連證件都拿出來了，這才好不容易說服巴伯·松利相信。另一個極端則是我舅舅迪克，他完全沒發現。他覺得我不太一樣，卻說不出為什麼。

珍在世的時候，我的臉一直清潔溜溜。我們一起拍照，比爾·莫耶斯（Bill Moyers）[77]拍攝了一部影片，叫做「攜手一生」。直到今天，在一些我出席的場合依然會播放，每次我都必須鄭重聲明我不是冒牌貨。

珍罹患白血病十五個月之後過世，享年四十七歲。我深深悼念她，除了悼詞我什麼都寫不出來，我因為失去她而悲泣，不過呢——正如同我在一首詩中所寫的辯解——「慾望就是哀傷／在床上翻個身／看往另一個方向。」很多失去配偶的人無法重新尋愛，他們連這個念頭都受不了。有些人沒有新的情人就活不下去。《尤利西斯》[78]的主人翁利奧波德．布盧姆（Leopold Bloom）認為墳場是勾搭哀悼寡婦的好地方。因此，我自己身邊多了一位年輕女性陪伴，她任職於一家雜誌社——苗條美麗的金髮佳人，她風趣、犀利，感情觀念開放（我們從來沒有說過愛這個字）。在此姑且稱呼她珍珠。晚餐過後，我們坐在我家客廳喝馬德拉酒（Madeira），我拿出香菸，問她是否介意……「我憋到快發瘋了。」她說，然後拿出自己的菸。她告訴我她父親自殺的事。我訴說珍的逝去。她離開客廳去洗手間，我站在門外等她出來。我帶她走向臥室，她沒有反對，不久之後，在歡快當中，她說：「我好想用腿圈住你的頭。（I want to put my legs around your head.）」（這句話完美符合抑揚五步格[79]）。第二天醒來後，我們成為朋友。我們一起喝咖啡、抽菸。我再次提起珍的時候，珍珠說我今天早上感覺心情比較好。

七週後，珍珠提出分手。在我被甩之前，我們躺在後院曬太陽，她勸我蓄鬚。她看過一本書的書封。「你會看起來很像梅菲斯托費勒斯（Mephistopheles）[80]。」她說。這樣的理由對我而言十分充足。這次的改變也來得剛好，因為世界徹底改變了。我每天日夜悼念珍，第三次蓄鬚與交往一眾女友則是我體認她死亡的方式。有些女友跟我分手的原因是嫌我太黏人，有的是因為對方有丈夫，有的則是因為我身體漸漸失能。一位加州友人和我通信超過一年，一直說要去拜訪彼此。她縮減我的大鬍子，修剪成山羊鬍，要我把鬍子從鬢角開始剃到唇髭處。經過數十次幽會，飛行里程迅速累積，我們決定受夠了。我重新留起大鬍子。

十二年前，我找到琳達，重新愛了。我們兩人居住的地方相隔一小時車程，但每週都會有兩、三天一起過夜。她的臉形很像鷹崖（Eagle Cliff）上的老婦石[81]，有兩個可愛的酒窩。她很溫柔，而且像我一樣大剌剌。她討厭耳環、化妝品、洋裝；總是穿牛仔褲搭配印著怪圖案的T恤。娘炮才用梳子。我們看電影，彼此朗讀伊迪絲・華頓（Edith Wharton）[82]的作品。我們旅行，二〇〇二年，我們一時興起便飛往倫敦。後來我們一起去過很多地方的朗誦會。我們從來不梳頭。

邁入八十大關，我開始在胸口塗抹睪酮素，鬍鬚變得像獅子鬃毛一樣茂盛，而且長了四英吋。我的頭髮變得更長、更蓬鬆，在琳達的鼓勵下，我恣意放任毛髮生長。琳達推輪椅帶我走過一座座機場，八十多歲的人生越來越長，我比以前更樂於不修邊幅、引人注目。隨著進墳墓的日子加速接近，我一再確認大家都知道——我的子孫知道、琳達知道、葬儀社也知道——我死了以後，絕對不可以在我發紫的臉上用剃刀。

75 十九世紀美國攝影師，被認為是紀實攝影之父，他所拍攝的肖像當中，最知名的是南北戰爭時期人物，包括亞當斯總統與林肯總統。

76 萊納・瑪利亞・里爾克（Rainer Maria Rilke，一八七五～一九二六），德語詩人、小說家，對十九世紀末的詩歌裁體、風格，以及歐洲頹廢派文學有著深厚影響。出生於奧匈帝國波希米亞區，今捷克布拉格。

77 美國記者、政治評論家，廣泛參與公共廣播、紀錄片錄製和新聞雜誌節目。曾任詹森總統的白宮發言人。

78 愛爾蘭現代主義作家詹姆斯・喬伊斯（James Joyce）於一九二二年出版的長篇小說，公認為意識流的代表作。

79 一種英文詩歌韻律，每行詩句由五個抑揚格（iamb）組成。抑揚格是一種有節奏的音節，由一個輕音節和一個重音節組成，因此，抑揚五步格中每行詩句有十個音節，重音節落在第二、四、六、八、十個音節上。

80 最初於文獻上出現是在浮士德傳說中邪靈的名字，此後在其他作品成為代表惡魔的定型角色。

81 鷹崖位於新罕布夏，崖壁上突出一塊巨岩，狀若老婦側臉。

82 二十世紀初美國女作家，代表作為《純真年代》（*The Age of Innocence*）。

No Smoking 禁止吸菸

當我步入人生第九個十年，我望著牛舍，看到生鏽的「禁止吸菸」警告牌歪斜掛在沒有上漆的灰色木條板上。我的外公出生於一八七五年，一個世紀前，他在那裡擠牛奶。我的爺爺奶奶、外公外婆都不抽菸。我不知道外公是什麼時候掛上那個牌子的，但我知道原因。有時天黑之後會有流浪漢躲進牛舍，把乾草堆當床睡，有一次，外公早晨爬到乾草堆上，發現有菸灰。牛舍很容易付之一炬。每當我的眼睛聚焦在那個紅底白字的警告牌上，都會從放在身邊的那包香菸中拿出一支，用Bic牌打火機點上火，深深吸一口。

以前我和父母一起來農場的時候，父親要抽菸都得去外面。我母親在大學時學會抽菸，但在她父母面前假裝從來沒碰過那玩意（外婆活到九十七歲，嗅覺退化。我年邁的母親總是偷偷溜到二樓去抽菸）。我父親溫和體貼，但他的個性緊張不安——要是沒有切斯菲爾德香菸絕對撐不下去。他在車道上來回踱步，閃過馬糞，滿足他一天抽四包菸的習慣。他十四歲開始抽菸，直到一九五五年才診斷出罹患肺癌，當時他五十一歲。

每次當我寫到、說到或想到「肺癌」，就會拿起一支威豪（Pall Mall）香菸安撫情緒。

一九五五年，我和妻子與襁褓中的兒子住在離我父母家兩小時車程的地方。五月，我開車回去，因為父親要接受探查性手術，他躺在輪床上，由我推進電梯。我和母親開車回家等候電話通知。如果半天電話都沒響，就表示癌變的那側肺葉已成功移除。可惜電話響得太快。我們去到外科診療室，艾波醫師告訴我們，若是取出腫瘤，我父親會有生命危險。他說短期預後還算樂觀，但長期……（化療讓我父親享有兩個月的美好生活。他打高爾夫球，直到十二月才病逝）。我母親明白艾波醫生的意思，她緊張地抓起皮包。為了給她方便，胸腔外科醫師將菸灰缸推到辦公桌邊緣。

一九五五年所有人都抽菸。成年人舉辦派對時，會在所有平面擺上皮革菸盒，無論是桌子還是壁爐架，旁邊放著 Ronson 打火機與大量菸灰缸。圓形水晶菸灰缸、四方陶瓷深菸灰缸、立在黑色鋼管上的菸灰缸，還有一種加了軟木片的菸灰缸，方便抽菸斗的人敲出菸草。在北卡州的德罕（Durham, North Carolina）有一座杜克古宅菸草博物館（Duke Homestead and Tobacco Museum）。在我的想像中，那裡的展示櫃一定擺滿了各種吸菸用的手工藝品。地方也有菸草博物館，但是要一一造訪實在太累人。上海有一座中國菸草博物館，收藏各種香菸。印尼也有一間。

我的朋友凱蘿爾・科本在家中閣樓找到一本感覺很厲害的大書。美國菸草公司（American Tobacco Company）五十週年慶（一九〇四～一九五四）出版的紀念書《美國菸草得標！第一個五十年》（*Sold American! The First Fifty Years*）。那本書共一百四十四頁，寬九英吋、長十二英吋，大紅封面，書中介紹菸草發展的歷史。最早在十六世紀，探險家與殖民者就曾經享用慷慨原住民分享的菸草。後來開設了很多菸草加工廠。菸草主要有三種攝入方式：嗅吸、咀嚼、燃燒。需要用到火的方式包括菸斗、菸葉包菸草、其他物質包菸草。最後紙捲勝出，一九〇四年，十家公司合併成為美國菸草公司。

董事長保羅・漢恩（Paul M. Hahn）在前言中簡述歷史。華特・雷利爵士（Sir Walter Raleigh）[83]散播菸癮有功。喬治・華盛頓為軍隊尋覓菸草。書中告訴我們詹姆士一世[84]是「第一個痛恨菸草的人」——十六世紀的衛生局長。儘管書中寫了許多軼事，但有一件事漢恩先生隻字未提：死囚抽完最後一根香菸、扔掉菸蒂時，行刑隊就會開槍。他也沒有告訴我們，克里斯多福・馬羅（Christopher Marlowe）[85]在一五九三年遭到謀殺，臨死前嚷嚷著：「不愛菸草與少男的都是傻瓜！」

書中告訴我們雪茄店印第安人雕像的來歷[86]。也告訴我們各香菸品牌的故事，像是：Sweet Caporal、LS／MFT（Lucky Strike Means Good Tobacco）、Herbert Tareyton……

我們看到農人種植菸草的版畫，由美國菸草公司委託、知名藝術家湯瑪斯・哈特・班頓（Thomas Hart Benton）製作。書中告訴我們，小羅斯福總統原本抽雪茄，後來改抽香菸，而且他用當時流行的長菸管。第一次世界大戰期間，香菸征服壕溝雙方的士兵。從法國大革命到美國內戰到第二次世界大戰，菸草讓殺戮變得更慘烈、更容易。

我怎樣都找不到美國菸草公司的百年紀念續集：《有害健康！第一個百年》。我連亞馬遜都試過了。

整整五十年，美國家家戶戶的客廳都濃煙密布，其他地方也一樣：酒吧、餐廳、五金行、飯店大廳、機艙、辦公室、廠房、轎車、病房、披薩店、血汗工廠、市民大會、實驗室、豪宅、百貨公司、超市、剃頭店、麥當勞、美容院、藝廊、書店、藥局、男廁、雜貨店、女廁、牛舍（我外公家的除外）、電影院、冰淇淋店、機場、胸腔外科醫師診間、火車站、茶店、洗衣店、自助餐廳、市政廳、梅西建身房、愛斯基摩冰屋、等候室、博物館、新聞編輯室、教室、煉鋼廠、圖書館、講堂、急診室、禮堂、公園、蒙古包、海灘——殯儀館更是如此。

派對後打掃，主人夫婦可以清出上千個菸蒂，裝滿好幾個垃圾桶。菸灰與菸蒂的重量超過烤焦土司、蛋殼、廚房紙巾、皮下注射針頭、貓砂。一九五四年，二毛三分就能買一包菸（現在可能要六到九元，稅比較重的州可能更貴），飯店不需要設計吸菸室，因為到處都可以抽菸。每本雜誌的封底——《時代》、《大西洋月刊》（*Atlantic Monthly*）、《新聞週刊》（*Newsweek*）、《生活》（*Life*）——都印著全彩香菸廣告。正值退休年齡的嬰兒潮世代都記得萬寶路牛仔（Marlboro Man），他暗示抽菸能讓陰莖變大。維珍妮涼煙（Virginia Slims）可以讓乳溝變深。最流行的廣告主題是醫學。一名外表嚴肅的男士直直注視我們的雙眼，伸出手指，就像第一次世界大戰時山姆大叔（Uncle Sam）募兵廣告那樣。那個人身穿白袍、頭戴額鏡，此外——為了防止有人還是看不出他的職業——脖子上掛著聽診器。他以堅定的語氣說：「Old Gold 牌香菸，有益健康！」

後來衛生局長在每個菸盒印上恐怖警語，到了千禧年，每個正派人都知道抽菸是無可饒恕的惡行，恐怖程度相當於大屠殺或拉許・林博（Rush Limbaugh）[87]。我親愛的好友小說家愛麗絲・梅提森（Alice Mattison）有兩次為了讓我鬆開肯特菸而輕打我的臉。最早是酒吧與餐廳必須設置吸菸區，不久之後變成公共場所全面禁菸。內疚、邋遢的男男女女聚集在建築物外面的人行道上抽菸。無論暴雪或酷暑，穿著病患袍的人站在醫院外面，一手挾著菸、一手掛著點滴。每個人都因為羞恥而偷偷摸摸，低頭不讓人看到臉，深深吸一口肺氣腫、心肌梗塞、高血壓、心臟病，還有COPD[88]，天曉得那是什麼，外加口腔癌、食道癌、肺癌。

我得抽口菸。啊，好多了。

* * *

我的朋友凱蘿爾抽菸，她是我唯一抽菸的朋友。她來找我的時候，我們對坐抽菸聊死亡。我們聊到，開車或看電視球賽轉播時，總會拿起香菸點燃吸一口——為了有事做。算是手淫的替代品嗎？抽菸有一個好處，我們兩個都認同：當我們漸漸無法呼吸，我們不會問：「為什麼是我？」

當我們呼菸的時候，有頭腦、有理性的人會立刻躲進樹叢。琳達來我家的時候，我要抽菸都會去門廊（夜晚當車子經過時，可以看見我作惡冒出的火光，我感受到駕駛義憤填膺）。暫時解除菸癮慘遭剝奪的痛苦。剝奪。香菸的好處，有一點我還沒提到。當我咳得撕心裂肺——讓我不得不放下正在讀的訃文或艾拉・碧阿克（Ira Byock）[89]探討安寧醫療的著作——猜猜看我怎麼止咳？

琳達雖然不情願，但不得不讚賞我抽菸的另一個好處。她陪伴我前往各地舉辦的朗誦會，她說，因為香菸燻壞了我的喉嚨，讓我的聲音低沉渾厚。朗誦會結束之後，觀眾會排隊要簽名；有時候我會請大家稍等一下，假裝去洗手間。獲邀擔任桂冠詩人時，我決定婉拒，因為桂冠詩人的辦公室不能抽菸；後來之所以改變主意，是因為我發現可以不必進辦公室。我在任期中只去過一次，一位館員特地打開一扇長窗，外面是有圍欄的陽臺。AWP——寫作團體——有一次舉行會員大會，八千人擠進同一家芝加哥飯店。我慢吞吞穿過大廳想去外面抽菸，四百個詩壇新銳迎面而來，我急忙盡快逃脫。在飯店房間抽菸罰款七百元。我在飯店房間偷開窗抽菸。房務沒有告密。

肯黛兒・屈利爾是我的助理，她負責謄打我的草稿、信件，幫我記帳，解決科技問題，解說法律與財務文件，開車載我到處跑。有一次我把一個要交給她的皮革公事包放在門廊上，她在裡面發現一個菸屁股。一根亂放的香菸燒掉了我修改過的稿子。「怎麼不見了？應該熄滅了吧。」雪融之後，她在門廊邊的花圃清出一大籃濕濕爛爛的菸蒂，那是整個冬季我隨手扔進雪堆的。另一次，她開車載我千里迢迢去紐約，我很有禮貌地開車窗抽菸。在麻州春田市（Springfield, Massachusetts）附近，她禁止我在自己的車上抽菸。她停車，我沿著水溝來回踱步，吸進一口解放。肯黛兒很善良，但肯黛兒很狠心。

我很晚才改抽香菸。年輕的時候，我在埃克塞特學院的吸菸室抽雪茄（每間預校的宿舍都設有吸菸室）。開始教書之後，我在課堂上抽雪茄，在所有社交場合也一樣。一位朋友告訴我，每次我去她家參加雞尾酒會，窗簾都會染上皇冠雪茄的氣味，必須送洗。當然，我沒有吸進去——我不知道怎麼做——但每當我呼出一口雪茄煙，連我都被四散的濃煙嗆到。每個人都一樣。甚至在接受心理治療的時候，我也照抽不誤。福羅利克醫師是心理分析師，整個安娜堡只有他一個提供診療服務（安娜堡有七位分析師，比維也納多七個）。心理治療取代分析，讓我們兩個面對面相處——我沒有躺在沙發上——我們一週只見三次，持續短短四年。我坐著抽悶燒的Judges Cave牌雪茄，醫生則抽駱駝牌香菸，有時候會用菸屁股點燃下一根。他剛成年不久就開始抽菸，香菸陪伴他經過四年醫學院、二次大戰擔任軍醫、實習、兩年住院心理醫師、五年專業機構分析訓練、數十年執業。他七十歲了，告訴我他一週可以抽完三盒菸。治療後期，有一天我發現他竟然沒抽菸，這才想起已經好幾天沒看到他抽菸了。我問他為什麼，他說長子要他戒菸。福羅利克醫師回答都抽這麼多年了，現在戒也沒用。但兒子說是因為他自己不想吸二手菸，擔心對身體不好。於是福羅利克醫師戒菸了。他告訴我其實不難。他活到九十二歲。

所有抽菸的人多少都會試著戒菸，我也一樣。六十多歲的時候，有一次我徹底戒菸了，至少當時我感覺如此。有人告訴我，在康科特市（Concord）有一位催眠師可以治療菸癮。我一向很容易被催眠；自信太過旺盛的人不會害怕將自己交給別人。一見到那位醫師，我就知道他是騙子。他穿著漿挺的白袍，長相英俊、態度圓滑，有如廣告裡說Old Gold香菸有益健康的假醫生（我以為他會邀我參加馬多夫[90]公司的投資計畫，保證每年有九成紅利）。不過呢，反正沒什麼壞處，對吧？我決定放手一搏。在一個小房間裡，他用安撫的語氣對我說話，模仿催眠師的說話方式。我開始想睡的時候，他播放自己聲音的錄音帶，然後離開房間。錄音帶播完之後，我知道自己再也不會抽菸。我歡天喜地離開診所。我罔顧環保規範，將一包菸扔進水溝。接下整整七週，即使沒有尼古丁，我依然感到平靜愉悅。後來有一天，晚餐時間，電話響了，當時我準備隔天一早搭機前往阿肯色州。我從中學到大學最要好的朋友，也是我第一次結婚時的伴郎，才五十歲卻突然猝死。當時我正開車前往波士頓的洛根機場（Logan

Airport），準備出席朗誦會，路上一看到有營業的雜貨店，我立刻停車買了一包菸。一週後，我再去找催眠師，告訴他我失敗了。他再次施行催眠，但這次毫無作用。他告訴我：「如果沒用，可以試試心理分析。」

四十歲我才開始抽香菸，差不多就是衛生部長發表那份無趣警告的時候。當時我在大學教書，與妻子離異，一腳踏進席捲六〇年代的反文化風潮。我的學生最愛讓老師嗨。我從來不需要自己買大麻，也不像比爾·柯林頓（Bill Clinton）那樣需要有人教他怎麼吸進去，我自己學會享受那種痛。我經歷了一段宛如火山爆發的戀情，對方年輕美麗，雖然不是瘋子，但常自言自語說些超現實的話。她有很多迷人之處，她自己也很清楚，但是她有一個無法戒除的缺點，令她非常沮喪：她無法停止抽肯特菸。當我們歡愛時，煙霧隨著肉慾歡愉顫動。她熱愛我們的性，卻恐懼自己的煙。後來她狠狠甩了我。我整個人瘋了，我幻想自殺，為了報復，我開始抽肯特。我已經幾十年沒有見過她，現在八十多歲的我，依然想要說：「看妳把我害得多慘！」

倘若我的慈父沒有抽那麼多菸，現在應該要滿一百一十五歲了。從六〇年代後期進入千禧年，美國家庭的客廳不再煙霧瀰漫，其他地方也一樣：酒吧、餐廳、五金行、飯店大廳、機艙、辦公室、廠房、轎車、病房、披薩店、血汗工廠、市民大會、實驗室、豪宅、百貨公司、超市、剃頭店、麥當勞、美容院、藝廊、書店、藥局、男廁、雜貨店、女廁、牛舍（我家的除外）、電影院、冰淇淋店、機場、胸腔外科醫師診間、火車站、茶店、洗衣店、自助餐廳、市政廳、梅西建身房、愛斯基摩冰屋、等候室、博物館、新聞編輯室、教室、煉鋼廠、圖書館、講堂、急診室、禮堂、公園、蒙古包、海灘，殯儀館更是如此。

83 英國伊莉莎白一世時代著名的冒險家。年輕時致力於殖民地開拓，並將美洲的馬鈴薯、菸草等物帶回英國。

84 英格蘭及蘇格蘭國王，在位期間為一五六七至一六二五年。

85 英國伊莉莎白一世時代的劇作家、詩人，年僅二十九歲便遭到殺害。

86 最早從十七世紀開始，歐洲人便以印第安人雕像作為雪茄店的標誌，因為最早是印第安人將菸草介紹給歐洲人的。

87 保守派電臺主持人。他對於LGBTQ族群、女權、氣候變遷等議題的發言極具爭議。

88 慢性阻塞性肺病（Chronic Obstructive Pulmonary Disease，簡稱COPD）。

89 美國醫師、作家，倡導安寧醫療。

90 馬多夫是美國股票經理人，他透過其所創立之馬多夫對衝避險基金，以龐氏騙局手法（打著投資名義，宣稱穩賺不陪高報酬，以老鼠會方式拉人加入，但投資的回報來自於後來加入的投資者，而非公司本身透過正當投資盈利），令投資者慘賠超過五百億美金。

體能不足

Physical Malfitness

我的健身教練，潘蜜拉・桑包恩，每週二、四下午幫我鍛鍊。她身材嬌小、健美，身高四英尺十吋[91]，一百磅的肌肉。必要的時候，我相信她絕對能扛起我兩百磅的笨重身軀。每次上課半小時，她安排我在跑步機上訓練心肺功能，扛著五磅啞鈴深蹲，兩手各拿著十磅的啞鈴高舉過頭、左右舉起，伸展肌肉，雙腿之間夾著海灘球站立，站著靠牆做（類似）伏地挺身。運動很痛，可想而知，因為八十多年來，我選擇不運動、喜歡不運動（我五十多歲的時候，曾經步行四英里）。小潘很可愛，而且熱愛健身。婚姻破裂之後，她在一個叫做健身尋愛（Fitness Singles）的網站上找到新伴侶。此時，他們兩個正在義大利騎自行車南北縱走。

我的婚姻破裂之後，我專找那些在詩歌朗誦會之後懶洋洋賴著不走的女人。

＊＊＊

運動很無聊。不是發生在椅子上（讀書寫字）或床上的事，全都很無聊。雕塑家、畫家、音樂家的壽命比作家長，作家只動手拿筆、敲鍵盤。雕塑家要鑿石頭、焊金屬、捏黏土。畫家站著工作。他們每天晚上狂喝白蘭地，但第二天早上又繼續做體力活。低音號演奏家長時間舉重物，並且保持深呼吸。連彈豎琴的體能要求都超過寫作。

多年來，很多人想方設法鼓勵我動起來。多年來，珍一直很愛貓。家裡到處是朋友送給珍的貓禮物——貓咪夜燈、貓咪門擋、貓咪瓷偶。後來她在一位作家朋友家中發現自己想養狗。收養加斯的時候，珍（她都叫我柏金斯）編了一個理由：「這樣柏金斯才不會整天坐著不動。」因此，接下來好幾年，每天我都出門走十五分鐘。一位朋友的丈夫和我一起去遛狗，他信誓旦旦地說，每次我都把車停在小路旁，讓加斯自己下車走，然後吹口哨叫牠回來。珍罹患白血病過世之後，狗的後腿不行了，我的腿也不行了。我整天坐著，拿筆手寫，然後再由肯黛兒謄打。有時我會開車經過兩英里外的鬆餅路（Pancake Road），看到一名男子遛牧羊犬，那隻狗的前腳往前走，後面裝上兩個輪子。現在我已經不再開車經過鬆餅路或任何地方。那隻狗拉著後方的輪子，而我推著前方的輪子。我的前爪握著四輪助行器的扶手，崩壞的後腿慢吞吞拖著軀體往前走。我邊走邊流口水，不時停下來嗅嗅樹木。

* * *

曾經聽長輩說，當我還是嬰兒的時候，曾經爬上廚房餐桌，啃一條四分之一磅的奶油。我很快就吐了出來，口腔的記憶讓我從此厭惡黃色的牛奶脂肪。因為爬上餐桌實在太累人，或許我的那次小小冒險也讓我從此討厭體力活動。也可能是來自我母親露西的遺傳。雖然她生長在農場，但是她從不砍樹、割草、從池塘搬運冰塊。她幫忙母親凱蒂清洗工作服、用軋布機擠乾衣物、掛起來晾乾。她從地窖搬玉米和豌豆罐頭去廚房。除了這些，她很少用到肌肉。她的母親每晚刷洗廚房硬木地板，露西則研讀拉丁文準備考大城市的高中。再晚一點，她們會一起就著油燈打毛線、織布、修補襪子。我母親做的每件事都很有用，雙手靈巧，但她做的那些事都無助於伸展筋骨、培養肌肉。

二樓後面有個儲藏室，所有不能用的東西都放在那裡——一邊椅腳壞掉的綠色搖椅、早已不能穿的衛生褲、有電力之後淘汰的油燈——我找到一雙木造滑雪屐，兩吋厚，重量有如一捆乾草，據說我母親曾經穿著滑下坡道。上坡的時候，必須用一匹馬綁著繩索把她拉上去。中年搬進農場之後，我決定嘗試越野滑雪。我買了一雙滑雪屐，在牛舍旁邊的平坦原野，我站起來又摔倒、站起來又摔倒、站起來又摔倒。我把滑雪屐收進儲藏室。穿雪鞋我比較不會摔跤，只是一旦摔了就很難站起來。我沒有嘗試滑冰。

＊＊＊

我父親年輕時曾經在一月的池塘上滑冰，擔任棒球游擊手，甚至在學校比賽短跑。在哈姆登，我和他在格林威街（Greenway Street）玩傳接球，我傳的球從他頭頂飛過。他小跑步去撿。小跑步。我們在地下室打桌球，他開始顫抖之後，我才終於以三比二的成績贏過他。每週六上午，他和四個好友一起打高爾夫球。年輕的時候他為了賺一點小錢去當杆弟，從此愛上高爾夫球。長大之後，他成為紐哈芬鄉村俱樂部的會員，雇用他自己的杆弟。我父母新婚的時候，父親曾經教母親打高爾夫球。她覺得用那麼長的木棍打那麼小的白球實在太難。有一次，我父親走在她前面幾碼的地方，我母親的高爾夫球從球道飛起來掠過他。他轉身，滿懷喜悅恭喜她打得好。她沒有立刻說出來其實她是用丟的。

我不喜歡高爾夫。我們全家出遊時，偶爾會在練習場停留。母親坐在長凳上，父親租來兩桶老舊的高爾夫球，我們站在球梯前揮杆。我大多沒打中，不然就是輕輕把球敲出三吋，不過偶爾我也會成功擊球，飛得又高又遠，優美地落在三十七碼外。更前方兩百碼處有個靶。

我對任何運動都不在行。在春谷文法學校的時代，每週二會有一位體育老師來學校，他帶來兩顆籃球，讓我們分成兩組——一組是打過籃球的人，另一組是沒有的人。某個週六，我曾經在基督教青年會碰過一顆籃球，於是我加入打過的那組。打了一、兩場之後，老師將我轉到新手組。

升上哈姆登高中，戰爭正式展開。大家都知道畢業之後很快就會收到徵兵令，於是體育課的標準變得更高。我們打拳擊。我的對手是一位文靜瘦弱的同學，我們的拳頭只打中體育館滿是汗臭的空氣。春季，學校要求我們跑四分之一英里，我幾乎都用走的。儘管如此，我依然上氣不接下氣。

肯定就是因為這樣，所以我十年級轉學到埃克塞特學院後才會選擇加入越野長跑隊。當我跑操場練習耐力時，聽見八十歲的教練——因為戰爭，很多上了年紀的老師又重出江湖——輕聲嘀咕：「駑馬。」我很傷心。我努力改進跑法，然而，當我真的開始跑越野時，兩側肋骨輪流劇痛。我假裝扭到腳退出。

夏季，我在農場和外公一起收割牧草。我擠牛奶的技術很差，也不敢拿母雞肚子底下的蛋，但我喜歡收割牧草。我喜歡和外公一起坐在收割機上，老馬拉著慢慢走向牧草田。我更喜歡回牛舍時那種沉重緩慢的感覺。外公講了一個又一個故事，語氣滿滿寵愛與幽默。有時他會朗誦在學校背過的詩，美好又糟糕。坐著聽故事很輕鬆，把牧草裝進架子比較需要用到肌肉，但我忍受操勞。外公從六十多歲到七十多歲，持續用草叉將牧草高舉過頭放上牧草架，我負責整理、壓平，這樣一叉接一叉堆起的稻草才不會在回程時滑落。牛舍裡高溫難以忍受，空氣中滿是穀殼。外公獨自將牧草叉起來放上閣樓，存放到牛必須待在室內的冬季。同時我已經在清涼的客廳休息了。

十六歲時，我在康乃狄克州找到了女朋友，不再去幫忙收割牧草。為了在青少年酒館喝萊姆酒加可樂，我找了一份可以坐著的暑期打工。

打桌球鍛鍊出的手腕技巧讓我第一次在體能上獲得榮耀。念預校時，我學會打壁球，桌球訓練出的手腕正好適合擊球。雖然球場很大、球拍很長，我在得分之間還能休息喘氣。上大學時，我參加一年級壁球隊招考。一個接一個，試打被叫停的人越來越多，年輕教練叫停時往往會給一句鼓勵。我唯一的體能榮耀就發生在這裡：我是哈佛一年級壁球隊招考時最後一個被喊停的人。

在安娜堡教書的時候，只要有人舉辦地下室桌球賽，我絕不會錯過。我自命球技高超，當安娜堡桌球協會在報紙上刊登比賽通知時，我打電話去報名。「你是初學者還是中等程度？」我猶豫不決許久，最後謙虛地說我是初學者。比賽場地是室內籃球場，對手殺球時，我們可以後退到離球桌二十英尺的地方接球。我是初學者沒錯。

棒球是我最愛收看的運動。但我怎樣都不會打。我努力又努力。剛去密西根大學時，我是二十六歲沒有博士學位的助理教授。我在《密西根日報》（*Michigan Daily*）看到，英文系將與物理系進行壘球對決，時間是週六下午兩點，有興趣的師生都歡迎參加。我站在校內賽球場上，隊友大多是研究生。儘管那些未來的學者滿懷質疑，我依然獲選打左外野兼第九棒。第二局，我還沒機會上場打擊，球朝站在外野的我飛來。我雙眼緊盯，身體跟著球移動，手套擺好姿勢。球直接打中我的腦袋。隊友圍著我，直到我終於搖搖晃晃站起來下場，換上一位身材粗壯的中世紀文學專家。我倒在長凳上，一位女士過來，表明她是護理師。她說，如果之後我感覺頭暈噁心或出現複視，建議我立刻前往急診室。

棒球只適合欣賞。從四月到十月，我每晚收看紅襪隊比賽（沒有棒球比賽的黑暗月份就看其他比賽打發時間）。我不寫作，我完全不工作。晚餐過後，我變成標準的美國男性——但我不這麼想。請原諒我擅自與大師相提並論，不過呢，葉慈每晚睡覺前都會讀一篇美國西部小說。艾略特厭倦寫詩與編輯時，便會讀懸疑小說。每個整天聚精會神的人，到了晚上都會需要讓內心的笨蛋出來透透氣。有時是贊恩・格雷（Zane Grey）[92]，有時是阿嘉莎・克莉絲蒂，有時是紅襪隊。

七十五歲之後，我的雙腿逐漸無力，走在高低不平的路面上很危險。我決定如果要生存下去，就必須想想辦法。我買了一輛固定式健身車，放在電視機前面。我一邊看肯・伯恩斯（Ken Burns）[93]拍攝的《南北戰爭》

（*Civil War*）錄影帶，努力每天騎七分鐘，後來有一次我下來的時候摔倒，健身車跟著倒下來壓在我身上，撞掉一顆牙。我放棄健身車，買了一臺跑步機，但是體積太大，不能放在電視前面。我在臥房裡，一邊聽國家公共廣播電臺（NPR），一邊以時速二英里的速度健走。每天下午我走四分鐘，有時甚至五分鐘，然後就會陷入無聊深淵，就算聽廣播也無濟於事。醫生告訴我，在科比沙耶學院（Colby-Sawyer College）有一間霍根健身中心，距離我家開車只要十五分鐘，那裡是小潘的天地。一週兩次，我把車停在外面，搭乘電梯上樓，避免爬樓梯，進入到處是啞鈴與健身機器的健身房，將自己交給小潘。一週兩次，我們繞著一個木造軌道走十五分鐘訓練心肺功能。我們聊天。然後繼續鍛鍊十五分鐘，加強我的體能與平衡感。平衡感是個大問題。小潘教我摔倒後如何站起來。

八十歲那年第二次出車禍之後，我不再開車，將駕照交給巡警。回到家，喘過氣，我打電話去健身中心找小潘，哭著說以後再也無法見到她了。我可以請人幫我購物、載我去看醫生，但是誰有辦法一週兩次載我去健身房，等候三十分鐘，再載我回家？小潘要我冷靜，她說她可以來我家。於是乎，每週兩次，下午三點半，小潘開車來我家，她帶來啞鈴、固定帶，以及讓我練習失去平衡的弧形塑膠臺。我在跑步機上走完十五分鐘。我戴著裝滿沙的大項圈從床上站起來，我們一起努力讓我不必坐輪椅。和小潘一起運動不會無聊，因為我很愛她，總是和她聊個沒完。六十年來，我在許多書中寫下自傳，有些是詩、有些是散文，但小潘不讀自傳，於是我把所有故事重新講一遍。有時我會選主題——我認識的知名作家、我的運動生涯——但大部分的時候我照時間順序說，從我父母的故事開始，他們在就讀培思大學（Bates College）時相識，我出生，嬰兒時期啃奶油，童年，小學……課程結束後，潘蜜拉經常會記錄我當天體能的糟糕成績，以及故事講到哪裡。等她從義大利回來，我會繼續講一九五二年在牛津發生的事，我會告訴她，那年一月冷得要命，我坐在基督堂學院（Christ Church College）書桌前打字。她將在紀錄上方寫下：「他剪掉手套指尖。」

91 大約一四七公分。

92 美國作家，以美國西部冒險小說聞名。

93 美國製片人，以在紀錄片中使用檔案片段和照片的風格聞名。

Dr. Dr. Dr. Dr. Dr. Dr. Dr. Dr. Dr. Dr.
博博博博博博博博博博士

《波士頓環球報》（*Boston Globe*）的一篇社論談到那些行將就木卻依然持續工作的人，作者將我和米克・傑格（Mick Jagger）[94]相比。這真是莫大的殊榮。作者也提到了其他人：基思・理查茲（Keith Richards）[95]、艾莉絲・孟若（Alice Munro）[96]，以及威廉・特雷弗（William Trevor）[97]，他和我同一年出生。其他人都八十多歲了，相較之下，傑格簡直是小朋友——但他跳躍、旋轉時臉的樣子，很像掉進沼澤又被撿回來。

有時光榮令人光榮。有時羞恥令人羞恥；有時光榮多少有點羞恥。出色與出醜。專業與隱私。災難與倖存。

說這些都只是裝模作樣而已。我從很小就開始追求榮耀。我小時候有一個很熱門的廣播節目叫做《兒童問答》（*Quiz Kids*），一群小天才——八到十二歲？——戴著麥克風圍坐在桌邊，回答主持人提出的難題。「請說出哪些國家鄰地中海？」說不定全是造假，就像現代的電視益智節目一樣。這個節目每個月會出版一本《兒童問答雜誌》，其中有一個專欄讓小朋友投稿介紹他們的愛好。十二歲那年，我投稿說自己喜歡寫詩，這篇文章賺到一元。那張支票可是大錢——我一週的零用錢只有五分——但文章能夠登上雜誌才是最難忘的榮耀。我的嗜好後來變成職業。

在拘留所過夜是個人的羞恥，尤其是因為酒駕這種粗俗的罪名。有一天早上，在密西根州，我離婚剛滿一年，原本和女友約好要一起去紐約，但她臨時打電話取消。她擔心男友會發現我們的事。我先是幽默哄勸，但後來越來越心急，越說越難聽，她憤怒掛斷電話。我在早上八點吞了一顆右旋安非他命，這能讓我一整天保持精神飽滿、動作飛快，我開車去鄉下的酒吧。那家店地處偏遠，風格低俗，早早營業。我點了啤酒，單位是壺，喝完三壺之後，我回到安娜堡，勉強打起精神從一家酒吧去到下一家酒吧。幾加侖的海尼根（Heineken）與阿姆斯特爾（Amstel）啤酒撐得我腹部腫脹，我好像在午夜時吃了一個漢堡，然後決定開車回家。我小心翼翼、東倒西歪走向車子，正要開門時，一輛警車停下來。「老兄，不要開車。」我立刻明白警察的好意勸告。「噢，謝謝，警官。多虧你提醒。謝謝。」

我家就在半英里外，我決定走路回去，明天早起再來開走我的普利茅斯（Plymouth）汽車。然而，狂喝啤酒十六小時的人經常會做出這樣的判斷：**吹吹晚風就醒酒了！開車沒問題啦！**我右邊的兩個輪子開在水溝上，以時速五英里的速度左搖右晃往前開，最後被剛才勸我的那位警察逮捕。我在拘留所過夜，吊銷駕照三個月。至少我學到了教訓。關醉鬼的牢房裡裝了不鏽鋼小床。那是週五晚上，所有床位都滿了。我和其他人一起躺在水泥地上，才睡五分鐘就因為骨頭痠痛而醒來。夜裡，一個有床位的慷慨牢友讓出金屬床墊，拍拍我的肩。我發現，與水泥地相比，不鏽鋼板簡直像羊毛一樣柔軟。

當你翻開詩集的書封折口，或是短篇故事的推薦文，或是作家朗誦會前主持人的介紹，都會列出一大串各種榮譽。處女作獎項、第二部作品獎項、以曾經得過獎的作家前輩命名的獎項（還真的有唐納．霍爾獎），以及各種勳章、學者獎、常駐作家。甚至只是入圍決選沒有得獎也可以列出來。我最喜歡的絕對是「普立茲獎提名」。每年都會由三位外聘詩人組成委員會，從上千位提名人當中各選出三位送交普立茲獎主辦單位。我當過一次委員，我家堆滿一箱箱糟糕至極的書，全都獲得「提名」——因為普立茲獎是任何人都可以提名與被提名的。我認識兩位住在密西根州的年輕詩人，毫無才華的同路人，他們互相出版對方的作品、固定彼此提名普立茲獎。他們的書封上列出這項榮譽。

我很白癡，第一次獲得名譽學位時深感光榮。捐款給大學就可以不勞而獲博士學位，不過學術單位為了掩飾捐款送學位的行為，都會頒贈學位給一些文化或政治人士。我頭戴博士帽、身穿博士袍，坐在大太陽底下汗流浹背，聽司儀以裝模作樣的語氣一一宣讀畢業生的名字。我和幾位政界明星坐在一起大聊政治，同時畢業生一一上臺和校方代表握手，領取畢業證書。當姊妹會女王或足球隊長上臺，觀眾熱情歡呼，我們這些獲頒名譽學位的中年人跟著拍手，慢慢曬乾。我無意競選公職，所以名譽學位令我厭煩，這樣的光榮反而令我感到羞恥。我家二樓有個衣帽架，掛著好幾套博士袍與博士帽，旁邊的桌子上放著蒙塵的證書。詩人傑佛瑞・西爾（Geoffrey Hill）[98]戲稱我為「博博博博博博博博博士」。

有一件事我認為很光榮：一九七五年，我放棄了終身教職、醫療保險、退休金，換來四十年愉快的自由撰稿生涯，一本童書贏得凱迪克獎（The Caldecott Medal）[99]，當我的其他作品絕版之後，這本童書會繼續印行。我寫詩，但並非為了獎金。我為雜誌撰寫棒球與新罕布夏主題的文章賺錢繳房貸、買食物。現在已經不可能了。只有《紐約客》雜誌依然支付還算可以的稿費。《君子》（*Esquire*）、《大西洋》（*Atlantic*）與《哈波》（*Harper's*）都漸漸撐不下去了，像十九世紀的《高迪婦女雜誌》（*Godey's Lady's Book*）一樣慘遭時代淘汰。呃，《花花公子》（*Playboy*）存活下來了。好消息是《花花公子》會付稿費，壞消息是沒有人會看裡面的文章。

不斷摔倒絕非羞恥，只是不便。珍還在世的時候，有一天我出門去遛加斯。牠繞著我轉圈，牽繩纏住我，我整個人臉朝下摔倒在車道的碎石地上。我把狗帶回屋裡，拿毛巾包住兩邊臉頰，寫了一張字條給珍——她出門和朋友吃午餐了——然後開車去急診室，一路上鮮血滲透毛巾。雅斯凱提斯醫生從我臉上取出四十七顆碎石，他拿著消毒過的鑷子，喃喃說：「真麻煩。」珍過世十年後，我在一場教會晚宴朗誦時認識了琳達。不巧前一天我被腳凳絆倒，幾根肋骨裂傷，一隻眼睛瘀血。另一次，我要和琳達一起去餐廳，跑向車子時，我的右腳絆到一塊磚。「沒關係。」我說。「不會痛。我們去皮耶羅吧。」說到這裡，我停下來，因為血沿著我的臉流下，我們飛車趕往急診室。琳達嚇壞了。錯過皮耶羅的新鮮香腸非常可惜，不過至少我得到免費理髮，外加傷口縫合。有一次在機場，我小心翼翼坐下等候行李，可惜下面沒有椅子。在曼哈頓，我陪女兒一家人去看音樂劇。

我實在受不了《獅子王》，逃離劇院時，走在我前面的女士拖著行李箱，我不幸絆倒，一大群人圍著我。一個女人大喊：「去幫他買罐百事可樂！」當下我覺得很奇怪，後來才發現我的臉腫了。

這幾次摔跤都發生在我失能之前。

有些榮譽比較能得到關注。當我去到白宮，總統在我脖子上掛勳章，我家這邊的地方報紙特別在頭版刊登報導。其他人都沒有發現。另一方面，當我即將成為美國桂冠詩人的消息公布，一週後，新罕布夏公共廣播電臺的主播問我獲任桂冠詩人心情如何。我告訴她：「極度震驚。」大量信件、電話、訪問不停騷擾我。三家電視臺佔據我的農場（只有公共電視〔PBS〕還算友善機靈）。廣播電臺將麥克風塞到我的臉前面。《波士頓環球報》、《洛杉磯時報》（*Los Angeles Times*）、《華盛頓郵報》都來找我，《康科特監督報》也來了。許多記者帶著攝影師，《運動畫報》（*Sports Illustrated*）刊登我扛著外公球棒的照片。《紐約時報》（*New York Times*）

發現我的任命消息藏在比較後面的版面，於是後來又補上一篇社論。《華爾街日報》（*Wall Street Journal*）刊登了兩篇，一篇是新聞，一篇是充滿溢美之詞的評論。我獲任桂冠詩人的消息甚至傳到大西洋另一邊。《泰晤士報文學增刊》（*Times Literary Supplement*）的藝文專欄作家「J.C.」記錄了我獲得任命一事並表示讚賞，然後還引用了一首曾經刊登在《泰晤士報文學增刊》上的詩，我自己都沒有印象了。

經過幾週的大肆報導與過度關注，我和琳達逃往巴西的伊巴尼瑪（Ipanema），那裡很安靜。我們回到新罕布夏時，在餐廳有位陌生人——頂著高聳的蜂巢髮型——點了一杯拿破崙干邑白蘭地請我。後來，我成為毫無建樹的桂冠詩人。

八十多歲的人大多以為自己是優良駕駛，我也不例外。肯黛兒在報紙上看到駕訓班有銀髮族道路駕駛班，她剪下來勸我去，但我太忙了（或許她察覺到什麼不對勁？）。五月，我開車去新倫敦買香腸。回程時我邊開車邊抽菸。菸從我手中掉落到地墊上，我伸手下去撿。我摸不到菸，於是低頭找。接下來我就察覺安全帶勒緊，然後是慢速對撞的聲響。被我撞上的車引擎噴出落在路面上。我過去確認有沒有傷亡。一輛救護車鳴笛開過來，準備應付斷手斷腳或命喪當場的狀況。感謝老天，幸好兩者都沒有發生。一對男女從被撞的車上下來，雖然有些蹣跚，但並無大礙。我急忙過去道歉。「對不起。是我不好。」那位男士靈光一閃。「你是唐納・霍爾？我一直很想認識你。」我回答：「以這種方式撞見真是遺憾。」我開玩笑，但他沒有笑。

朋友剛好經過，幫忙送我回家。車子被拖到鬆餅路的修車廠，傑夫・桑包恩把車重新拼湊回去。幾週後，威爾摩特警局派人上門送罰單。

同一年八月，我又發生了一次車禍，雖然我已經不在開車時抽菸了。這次肇事的原因是我太沒耐心。那天我出門時才六點或六點半，去買報紙和早餐三明治。大雨滂沱，雷電交加，我開車去OK便利店。買好東西出來時，雨下得更大了，我急忙跑上車。匆匆忙忙開上十一號公路，雷雨變得更驚人，我看不清路面。我開得很慢——沒有喝酒、沒有找菸——我在找右手邊的護欄，打算靠過去停車。這時我感覺到那種熟悉的晃動，車輛慢速相撞的衝擊。大雨驟然停止，太陽露臉。我望著前面被我的本田車撞上的苦主。我竟然不知不覺開到了路的**左邊**。

被我撞的那輛車又被另一輛車從後面撞上。多少人拿出手機打九一一？救護車抵達，然後是警車、消防車。一開始我打不開車門，幸好有人拿鐵撬來幫忙。這一次我也沒有撞死人。我的腦海浮現一個理性但憂傷的念頭：**我再也不要開車了**。巡警對我伸出手，我把駕照交給他。

我這次出新書的時候，童年居住的城鎮舉辦了大型慶祝活動，就在我八十三歲生日前不久。雖然我暑假會去農場，但平時都住在康乃狄克州郊區，我母親住到九十歲的那棟房子。她不能開車之後，我和珍每個月開車去探望她，她過世之後，我以為再也不會去哈姆登。鎮上已經沒有我認識的人了——哈姆登圖書館舉辦新書慶祝會，邀請我出席，接到通知時我大吃一驚。沒想到當天竟然有四百人參加，我感到不可思議又滿心歡喜。主持人進行介紹，說了一些軼事，接著是康乃狄克州詩會朗誦。他們朗誦了一首又一首。接著我上臺朗誦幾首詩，接受提問。結束之後，大約五十個人包圍著我，他們說：「我媽媽教過你法文！」「我祖父曾經幫你祖父工作！」「你父親親手送我這本書！」以及「你記得我嗎？」我沒有認出學校舞會的女伴。

生日當天，我回到新罕布夏，子孫齊聚一堂，圍坐在餐廳長桌前。哈姆登的那場活動令我非常感動，因此我先向餐桌左邊的人說了一遍，然後轉頭又向右邊的人重複每一個字。「我也不知道為什麼，」我說，「但這次的活動真的讓我很開心，不亞於去白宮領獎。」我美麗聰穎的孫女愛莉森說：「可能因為這次只有你一個主角。」

包括那次為了撿菸而第一次出車禍，我弄掉香菸的紀錄應該有上萬次，很久以前我就放棄了在床上抽菸的樂趣。我抽菸的時候大多坐在蓬鬆的藍色扶手椅上讀書。有一次，肯黛兒來訪，她察覺扶手椅與矮書架之間的地毯燒壞了，幾本書也被燒到。我告訴她，我弄掉一根菸一直找不到，她嚇壞了。她求我——不對，命令我——下次弄掉香菸找不到，一定要打電話給她。我不想半夜吵醒她，但她不肯罷休，一定要我保證，於是我保證了。

我通常十點半上床。躺上一個小時左右，我就會覺得躺不住，於是坐起來一下，看看雜誌、抽根菸。向肯黛兒保證之後沒過多久，我坐在蓬鬆藍扶手椅上時又掉了一根菸。我找不到！我十分驚恐，因為我保證過了，但現在是午夜。我把坐墊搬開。沒有。然後我伸手到縫隙間，這才找到了。我把菸抽完，然後回去睡。我睡得很熟，直到凌晨三點被警報聲吵醒。我昏昏沉沉看鬧鐘，雖然我知道鬧鐘不可能發出這麼大的聲響。我坐在床邊，三分之二還在睡，因為喧鬧聲響而惶惶不安——然後我稍微清醒了一點，看到濃煙從外面飄進臥房。那個聲音是煙霧警報器！我還有一點頭腦，知道要按下掛在脖子上的緊急按鈕。對方溫和地說：「你還好嗎？」

「我的臥房全是煙！」「待在原處不要動！」那個人暫時離開去聯絡消防隊和救護車，然後再次和我通話。「不要動。你家大門有沒有上鎖？」

威爾摩特的消防隊和附近城鎮的消防隊趕來，新倫敦的二十四小時救護車也來了。緊急按鈕那邊的人通知肯黛兒，於是她也來了。大門被撞開，急救人員用擔架把我從濃煙中搬出去。我沒有看到火——但我的藍色大扶手椅冒出濃濃煙柱。雖然我頭腦混亂，但還是瞥見火災的源頭。我在午夜時掉落椅子縫隙的香菸雖然找出來了，火星還足以抽完，但其實有一大塊燃燒的菸草掉在椅墊深處。上了救護車，急救人員確定我平安無事。他們一次又一次幫我量血壓，一次比一次低。以十一月而言那天晚上算暖，但依然是十一月。肯黛兒在救護車上避寒。在她的要求下，他們也幫她量血壓。

藍色扶手椅放在前院草坪上，整個濕透，感覺孤寂淒涼。屋裡的消防員打開樓上和樓下的窗戶，將煙吹出屋外。急救人員帶我回屋內時，已經完全聞不到煙味了。好友凱蘿爾・科本十年前想到要幫我裝煙霧警報器，尖銳的警報聲救了我一命。兩週前，警報器發出像昆蟲叫的聲音，琳達去檢查，換掉快耗盡的電池。我再次被女性拯救。抽菸不只可恥，而且要人命，死法不只肺癌。我會因為抽菸導致生命危險嗎？應該會。第二天早上，草坪上的扶手椅又開始冒出濃煙。消防隊雖然讓煙停止，但只是暫時的，巨大煙柱再次冒出。肯黛兒趕來，撥打九一一。「這不是緊急狀況。」消防隊帶著水和泡沫滅火器回來，但他們必須用斧頭將藍色扶手椅劈成不會冒煙的碎片。

94 滾石樂團（The Rolling Stones）主唱，職業生涯橫跨五十年，名列「搖滾史上最受歡迎且最有影響力的主唱」。
95 滾石樂團吉他手。
96 加拿大作家，二〇一三年諾貝爾文學獎得主。
97 愛爾蘭作家，名列當代最偉大的英語短篇小說作家。
98 英國詩人，曾任波士頓大學編輯學院聯席主任，公認為同世代詩人當中之佼佼者。
99 由美國圖書館協會所頒發的兒童繪本大獎。

Death 死

體認到自己隨時會死，對我而言十分合理。我不會過世。每天都有幾百萬人過世——訃聞、訃告、致哀卡片、寄給屍體友人的電子郵件——但人不會死。有時他們會安息、辭世、往生、仙去、作古、嚥氣、回老家、蒙主寵召、壽終正寢、榮歸天家、含笑九泉、駕鶴西歸、撒手人寰、向閻羅王報到。在那些委婉說詞中，死亡往往來得很平靜（長眠），或是經過一場勇敢鬥爭（抗癌勇士）。有時女性會失去丈夫（我到底把他放哪裡了？）。有時文書的用法會比較罕見：終其天年、一瞑不視、溘然長逝、香消玉殞、去蘇州賣鹹鴨蛋。所有的隱晦都是為了掩飾我們終究會停止呼吸，變成全身青紫。

火化讓遺體消失；骨灰不會腐爛。尼安德塔人與智人將死人埋在地下或土堆中。金字塔封印法老王。羅馬人的習俗每個世紀都變來變去，有時火葬、有時土葬。印度教徒一般會在恆河邊焚燒屍體，古老年代還會實行殉葬，把未亡人一起丟進去燒。大量骨灰堵塞河流，再加上窮人家買不起木柴而直接丟進河裡的嬰屍。祆教與西藏人習慣將遺體放在高臺上餵禿鷹。最近發生了一個關於處置骨灰的小故事，我非常喜歡。有次朗誦會結束之後，一位慷慨的觀眾送給我一罐她先夫的骨灰。

至於我自己呢，我要在地下慢慢腐化，像愛妻珍一樣。

七十多歲的時候，不知不覺間，死亡變得不再有趣。以前我會察看訃文中死者的年紀。如果我五十一歲，死者五十三歲，我會感到片刻的焦慮。倘若死者五十一歲，我五十三歲，我會感覺安心。只要活得夠久，遲早會變成家中最年長的人，端坐在高處看著夜晚降臨。我母親九十歲過世，我成為孝男。很快我也會讓兒子成為孝男。他出生時，我二十五歲，寫下一首詩，標題是〈我的兒、我的劊子手〉（My Son My Executioner）。十年前，我因為摔倒受傷而進了急診室。傷勢不嚴重。住院醫師過來探視，我們聊了一下。我問血壓是否正常，他說不用擔心。「說真的，你還想活多久？」我想都沒想，隨口說出一個數字。「噢，活到八十三。」我對他說。八十四歲生日那天，我暗中鬆了一口氣。

過了八十大關，生活變得很狹隘，不得不如此。我的生活起居都在同一個樓層，三餐吃冷凍食品。郵差露薏絲走上我家門廊，打開門，將郵件扔在一張椅子上。我在家中移動——臥房、浴室、廚房、窗邊的新椅子，坐在電動升降椅上看克里斯·馬修斯（Chris Mathews）的政論節目和棒球轉播——推著四輪助行器蹣跚從一處走向另一處。我盡可能不跌斷脖子。我寫信，我打盹，我寫隨筆。

我愛的人將為我哀悼，但我已經不在了，無法安慰他們。想到我會留下多少毫無意義的東西，我的心情就很灰暗。我的後人會將我生活中的零碎雜物塞進垃圾袋，讓垃圾掩埋場擴大。我不必擔心我收藏的安迪·沃荷（Andy Warhol）[100]。但有些東西我很擔心會被丟棄：女兒在池塘邊撿拾的條紋石頭、父親大學時用過的檯燈、家族乳品公司留下的迷你木雕牛奶車。母親年近九十歲時，很擔心我們會丟掉她放在壁爐架上的喜姆（Hummel）瓷偶，這種俗氣的陶瓷娃娃在四〇到六〇年代曾經風靡一時。因此，現在我女兒家的閣樓還放著一箱瓷偶。我最重視的是這棟房子，我的曾祖父在一八六五年搬進來——歷史將近一百五十年的家族祖宅。後面的儲藏室堆滿了一代代的物品，所有損壞或沒用的東西都放在那裡，因為沒有人知道會不會有一天派上用場。我的子孫不會想住在與世隔絕的鄉下——他們沒有理由住在這種地方——然而，想到房子被清空，依然令我惆悵。一把火燒光還比較好。我獨自住在老屋中，任由傾頹。我補屋瓦、抽化糞池，但如果燈不亮了，那就不亮了吧。說不定下一個住進來的人根本不想要那盞燈。老舊壁紙脫落我也不重貼。將來有人必須搬走四百英尺的書架。

還有幾塊我很珍惜的小塊土地。我和珍剛搬來的時候，我們找到曾祖父的信封信紙，上面印著「鷹池農場」，我們便用來當作地址。去年冬季，一位朋友駕車載我經過鷹池。那座池塘距離我家才一百碼，位在西側，佔地二十四英畝，但是從我的窗前看不見，因為被高大樹木擋住了。我的土地包括一半的池岸。我將兩本隨筆集命名為《鷹池四季》（*Seasons at Eagle Pond*）與《鷹池手記》（*Here at Eagle Pond*），之後合併成《鷹池集》（*Eagle*

Pond）。後來我又寫了《鷹池聖誕》（*Christmas at Eagle Pond*）。珍還在的時候，我們常去一片小小的隱密沙灘，藏在橡樹與樺樹中，夏季午後我們躺在那裡做日光浴，晚餐用日式碳爐做燒烤。我們觀察水貂與河狸，看著第一顆橡實落下。她過世之後的這些年，我很少造訪鷹池，現在更是很久沒經過了。朋友開車載我駛過鷹池的泥土路——秋季一個晴朗的午後，陽光下的池塘呈現深藍色調，水波蕩漾——我從樺樹林間瞥見舊日的沙灘，流下自憐的淚水。

當然，從精子進入卵子的那一瞬間，我們就開始死亡（反墮胎人士老愛抓著這個想法不放）。到了我這個年紀，我認為死亡是一種圓滿，即使有時慘澹淒涼，但相信大家都有同感：死亡的過程很惱人。我從來沒看過有人話說到一半或三明治吃到一半突然倒下猝死，這樣實在太幸運。我只陪伴過兩個臨終的人，一個是我的外婆凱蒂，另一個是我的妻子珍。她們兩個過世時都已經失去意識了。幾個小時前便進入潮式呼吸狀態，儘管大腦已經死亡，但腦幹依舊頑強地吸入氧氣。潮式呼吸是一次長長的呼吸之後跟隨三次短促的呼吸，接著暫停。根據我的經驗，腦幹最多只能撐十二個小時。因為外婆的嘴鬆弛張開，看起來很乾，一位護理師用湯匙盛水滋潤她鮮紅的舌頭。外婆嗆咳，彷彿水跑進氣管。我握著她的手。我按摩珍的頭，直到長呼吸停止。最慘的是頭腦還活著，身體卻死去，他們依然保有意識，但身體匆匆忙忙從紅潤變青紫。我的父母都是頭腦還活著，身體卻死去。

從念小學的時候開始，死亡總是令我著迷，數十年來，我展現出熱衷的病態。家族中，一堆姑姨嬸婆、叔伯舅公輪番死去。十歲時，我沉溺於早熟的物傷其類，告訴自己死亡成真了。七年級，我寫了第一首詩，內容是死神獵捕人類，徹夜淒厲尖叫，直到喊出你的名字。十五歲的我，越來越有詩人的派頭，我決定宣稱自己很年輕就會結束生命，說不定這樣能吸引啦啦隊的女生。我告訴大家，我會在十七頁到十八頁之間死去，完全沒有察覺十七頁和十八頁是同一張紙的兩面。開始寫真正的詩之後，我持續探討，但死亡不再是顯而易見的主題。我寫開朗的詩——農場的馬、家裡的狗——然後指出牠們都死了。誰猜得到？我寫了一首詩〈美哉死亡〉（In Praise of Death），企圖以逢迎討好的方式擺脫死亡。

現在的我只有寫作時會思考死亡，平常再也不會為此傷神。知道自己很快就會死，幾乎有種安心感，死了就不用再煩惱如何得到下一次性高潮，這是一種安慰。我一生充滿理想抱負，而現在我的理想抱負不再是規畫未來——除了這幾篇隨筆。我人生的目標只剩下順利走進浴室。以前常有人勸我要活在當下。現在除了活在當下，我還能怎樣？每一天都一模一樣，毫無變化、轉瞬即逝——感覺好像才剛黏上假牙就又要取下——一週的時間不比一頓午餐冗長。時光飛逝，我卻幾乎沒有察覺。最無聊的莫過於四季。年復一年都是同樣的順序。難道不能有點新意？從夏天開始，然後換春天、冬天，接著或許來個感恩節？

我這輩子只有過三次自殺的念頭，每次都是因為女人。前兩個甩了我，最後那個死了。每一次幻想自殺都能帶給我安慰。我十二歲那年，父親送我一把莫斯伯格點二二口徑來福槍，但用點二二自殺有點風險。瞄準時必須像外科手術般精準，否則可能會落得終生使用呼吸器。我的朋友布魯諾建議過一種萬無一失的方式——帶著槍去鷹池，走到水深及膝處，然後對準腦袋發射來福槍子彈。即使沒有一槍斃命，我也會溺死在池塘裡。布魯諾經常思考自殺，他絕不會給自己獲救的機會。他在比佛利山莊的豪華公寓中，將一顆手榴彈抱在胸前，拔出插銷。

到了這把年紀，即使我想這麼做，衰退的體能與平衡感也讓我無法走進鷹池。

中年時，有一次我差點因為自然因素死亡。我六十一歲時罹患大腸癌，雖然盡快切除，但兩年後轉移到肝臟。外科醫生切除半個肝臟，預告我只能再活五年。我和珍都以為我很快就會死，她每天幫我按摩，企圖把癌症按走。我以敷衍的態度完成化療流程，盡量將能寫完的稿子都寫完。

我知道自己行將就木，但是當珍罹患白血病倒下時，我感到錯愕又驚恐。她四十七歲便死去——當時我六十六歲——絕對不是小事。六年後，我發生一次小中風，這次鬼門關前走一回，感覺很踏實。一條頸動脈八成五堵塞。哈堡醫師以局部麻醉的方式開刀兩小時後，取出一吋長、鉛筆寬的斑塊，我很喜歡聽那群穿白袍的人閒聊。不時會有人要我捏一顆狗玩具球，發出聲響證明我意識清醒。但是哈堡醫師不讓我把斑塊帶回家，我真的很失望。

在〈致敬普羅佩提烏斯〉（Homage to Sextus Propertius）這首詩當中，艾茲拉・龐德（Ezra Pound）[101]讓他的詩人主角說出：「毫無疑問，在我的葬禮過後，我將喜不自勝。」特殊的狀況下會有特殊的反應，例如在相對年輕時死去。珍亡故之後，許多訃告印出她的詩。眾多媒體來訪問我關於她的事。公共廣播電臺重播她接受泰芮・葛羅斯訪問的片段。在印度——我和珍去過——孟買、新德里、馬德拉斯等地都舉行了悼念儀式。新罕布夏、紐約、哈佛、明尼亞波利斯也都舉行了追悼會。她過世滿一週年時，紀念選集《否則》（*Otherwise*）出版，精裝版很快就三刷。十八個月後，平裝版大賣，而她的出版公司現在又出了一本《詩作全集》（*Complete Poems*）。我很喜歡她的作品——但她的書一開始之所以能夠大賣，是因為她年紀輕輕便死於白血病。十八年後的文選再次出版了她的作品。看來她不會輕易消失。

和我感情最好的老朋友八十九歲時過世了。至少他死在家裡。我的年紀夠大，還記得從前所有人都在家中死去，在家人的照拂下離世，就像珍那樣。九歲那年，我來農場過暑假，當時我外婆的姊姊躺在客廳等死。在那個年代，只有特殊狀況才會用到客廳——招待牧師、葬禮、婚禮、死亡（現在客廳變成看電視的地方了）。南妮姨婆躺在小床上，雙眼失明，無法翻身，她的背一直很痛。她告訴我的外公衛斯理與外婆凱蒂，這個家裡的人（衛斯理與凱蒂）虐待她，讓她睡在柴堆上。她告訴凱蒂她想見家人，凱蒂說可以安排讓衛斯理和凱蒂來看她。衛斯理和凱蒂來的時候，南妮姨婆高興極了。我開學回家之後沒過多久她就死了，一九三八年九月，剛好在新英格蘭颶風登陸之前[102]。葬禮結束後，我母親因為颶風而回不了家。

有些人夠好命，在安寧照護醫院死去，死亡的過程溫柔短暫。我的老友詩人詹姆斯．萊特（James Wright）過世前我去探望過，他住在布朗克斯區的一家安寧醫院，院方給予溫暖、明智的照護——可惜在他過世前四天才終於有空床。我的第一任妻子在新罕布夏的一家安寧醫院死去——入院僅僅六天。有些醫院會為臨終病患提供安寧照護。其他人依然在家中死去，例如我父親、珍的父親、我的兩位阿姨。珍原本可以在清潔閃亮的醫院病床上死去，但她選擇回家，如果我能選，也會這麼做。在同一張床上。近年來，大部分的老人都在營利的寄宿安養設施死去。他們親愛的兒女太忙，而且不想放下規律生活。有人說他才不要幫爸媽換尿布——於是將他們交給拿基本薪資幫人換尿布的女看護。我的朋友琳達大學時有兩年暑假在一個叫做「恆寧」的機構打工，她值班的時段是三點到十一點。餵病患吃完飯之後，她拔下他們的假牙放進罐子裡。一天晚上，她怎樣也拆不下來一位女病患的假牙。她用力拔了又拔、拔了又拔。終於，一顆牙掉下來，還在滴血。

收容老人的機構通常都會取很正向的名字。我聽說過一家阿茲海默症安養中心名叫「憶路」。此外還有「美景」、「永生」、「悅山」、「樂園」、「園樂」、「天門」、「寧原」、「夏谷」、「伊甸村社區」、「金風」、「回春源」、「樂壽居」、「遠航島」、「神泉」、「金傳」、「金晨」、「茂原」、「薊石莊」、「長青」、「青長」、「恆安」、「恒安」。

在這樣的地方，老人家過世、安息、蒙主寵召、撒手人寰、去蘇州賣鹹鴨蛋……

100 美國藝術家、印刷家、電影攝影師，視覺藝術運動普普藝術的開創者。

101 美國著名詩人、文學家，意象主義詩歌的主要代表人物。普羅佩提烏斯是古羅馬詩人。

102 一九三八年九月二十一日，五級颶風於長島登陸，美東災情慘重，造成六百至八百人死亡。

退稿與復活

On Rejection and Resurrection

一位聲名狼藉的詩人將五十首詩全部賣給雜誌，拿出版公司的預付金出詩集，先賣精裝版、再賣平裝版。如果有人邀請這位詩人朗誦，一次朗誦會賺的錢很多，超過賣詩給雜誌加上出詩集的收入。

寫詩的目的並非賺錢，而是為了同時創造美、情感、智慧、遠見、喜悅，以及永垂不朽。可惜太難做到。無論寫詩的目的是什麼，詩人總是因為退稿和編輯而惱怒（大家都知道，獎項越小、競爭越激烈）。被《紐約客》雜誌退稿六次之後，詩人判定「這家公司不喜歡我」。這位詩人難道以為雜誌社有黑名單，收到稿件時會一一核對？（他們每週都會收到上千首詩，必須從中挑出兩首）「不行，我們不喜歡她。」我的一位朋友投稿去《紐約客》才過兩個半小時就收到退稿的電子郵件。他氣到快中風。難道他以為主編或某個小小編輯會花兩個半小時做決定？通常雜誌社只花兩分半鐘就會決定退稿。有人投稿去小型雜誌，一年之後才收到退稿通知，難道編輯將那首詩重複讀了一萬七千次？還是當良心終於戰勝厭倦，他才開始看？「天哪，我該解決那堆投稿了。」

對於退稿這件事，我向來安之若素，之所以能夠如此，是因為我在十四歲那年投稿給《大西洋》、《國家》（*Nation*）、《紐約客》、《週六文評》（*Saturday Review of Literature*）。我的詩被寄回來，附上一張印刷字條。我短暫失望一下，然後再找出兩個白色長信封——一個是貼了郵票的回郵信封，另一個放進同一首詩——我青澀的作品隨著下一批郵件寄出。短短幾分鐘，絕望又變回希望。放學回到家，母親經常會開朗地在門口迎接我。「小唐，今天又有退稿喔。」

詩人年輕時從事編輯工作很有幫助，雖然十四歲確實太小了一點。在埃克塞特學院與大學階段，我開始為校刊選稿，在牛津時，我同時編輯四份刊物。後來我成為《巴黎評論》第一個詩文編輯（我念大學時認識喬治．普林普頓）。由我編輯出版的第一批詩是傑佛瑞．西爾的作品，然後是羅伯特．布萊（Robert Bly）[103]、湯姆．岡恩（Thom Gunn）[104]，同時我也退稿上萬首詩，其中包括許多不該退的詩。我退了艾倫・金斯堡（Allen Ginsberg）[105]的〈向日葵經〉（Sunflower Sutra）（他對喬治說，就算詩大白天揍我一頓，我也看不出來那是詩）。有些我決定出版的詩比我決定退稿的詩更令人感到羞恥。儘管如此，我從編輯工作學到很多。原來除了我自己發現的寫作方式，還有許多其他方式。我讀所有的文學雜誌，探索文學界。我認識了一生的好友，後來我都會請他們幫忙看草稿，和他們進行非常有助益的切磋。《巴黎評論》的那夥人——喬治・普林普頓、彼得・馬西森（Peter Matthiessen）[106]、威廉・史泰隆（William Styron）[107]——拓展了我的文學圈子。喬治經常在東七十二街的住處舉辦派對，我在那裡認識了菲利普・羅斯、瑪麗・麥卡錫（Mary McCarthy）[108]、羅伯特・洛厄爾（Robert Lowell）[109]、金斯利・艾米斯（Kingsley Amis）[110]。

一位名叫波理斯的老兄拎著黑袋子來訪，顯然裝著在一般藥店買不到的東西。

各位或許猜到了，編輯工作帶來的並非全是善緣。有些詩人會寫信來《巴黎評論》說：「我是當今最偉大的詩人，你們一定要出版我的所有作品，否則就是混蛋。」「我是擁有終身職的英美文學教授，同時在美式足球聯盟（NFL）球隊打進攻截鋒位置。」「我是連環殺人犯。」編輯最終都會學到，退稿時千萬不要給意見。假使我暗示「搖哄嬰兒」太浮濫，對方就會回信罵我白癡，那個隱喻根本是創新的天才之作。巴黎辦公室每個月都會寄來幾大包詩。其中五成會被我立刻退稿。只要看開頭五行，我就能判斷出這首詩絕對行不通。稍微好一點的，我會先留下來，重複讀幾次，每次重讀都退稿幾篇。最終我會留下一首或兩首。我知道我會犯錯。我太自大。二十五歲的我，對自己的品味深具信心，遠超過六十年後。或許當時的我比較狹隘、武斷，但也比較厲害。

我有一位天性憂傷的詩人好友，許多年前我發現退稿的打擊使她再也無法寫出新作品。我勸她很久，但她始終無法甩開絕望。我想到一個好主意。只要她願意，就由我來寄出她的作品。然而，倘若我用真名，會讓人以為我企圖施壓——好像我自以為地位崇高。於是乎，我打造出喬伊．亞瑪瑞利斯這個人物，他是只代理詩人的文學經紀人，很可能是全宇宙唯一的詩人經紀人。首先，我在新罕布夏的波特路（Potter Place）郵局租了一個郵政信箱，那裡很靠近我住的地方，但郵遞區號不同。我向美國文具公司訂購印上公司抬頭的信封信紙，地址屬於剛出生沒多久的喬伊。寫信聯絡編輯時，喬伊會很謹慎地只談公事。倘若喬伊告訴編輯「今天下雨了」，編輯可能懷疑喬伊另有所圖。

得到她的同意之後，我將朋友的詩寄給優良雜誌社，但不告訴她是哪些。如果被退稿，我就再試其他地方，再退稿就再試。我們約好，我投稿時不會告訴她，被退稿更絕不會告訴她。當編輯採用她的詩，我會回報好消息。有一次喬伊將客戶的作品交給一個學術季刊，那裡的編輯和我關係友好、經常通信。作品寄出之後沒多久，我剛好必須寫信給那位編輯，沒有多想便順道推薦了那位朋友。編輯回信說，他最近剛好收到這位詩人的作品，但是由其他人寄去，「我從來沒看過像那樣的詩。」（那首詩沒有退回波特路的郵政信箱）。我回信向編輯坦承自己一人分飾兩角並且道歉，他說那位朋友應該自己投稿。數十年後，她依然在那份季刊發表作品。喬伊也曾經將她的詩寄給《詩歌》（*Poetry*）雜誌，他們買下了很多首。那位編輯刊登過我自己的作品，但他清楚表明討厭我。就連通知採用的信件也冷冰冰。另一方面，他對喬伊·亞瑪瑞利斯十分親切，甚至寫了措辭溫馨的信件感謝喬伊的慷慨。

為什麼我要做這種騙人的事？因為可以幫助憂鬱的朋友，也能讓更多人讀到好詩。我真是個大好人。不過，為什麼我如此樂在其中？我喜歡當秘密經紀人。幾年之後，那位朋友將行銷工作收回去自行打理，做得有聲有色。喬伊功不可沒。

十六歲的詩人認為只要作品能被雜誌刊登就是成功。但是成真後又發現這還不算成功。然後他們會認為，作品能登上《詩歌》就是成功。還是不夠。《紐約客》？不夠。出書？佳評如潮？某某大獎？古根漢詩獎？國家書卷獎？諾貝爾獎？不、不、不、不、不、不。從斯德哥爾摩回家的飛機上，諾貝爾文學獎得主終於明白，什麼都不足以讓他確信自己夠好。諾貝爾獎得主嘆息。

寫作當然需要讚美。我和珍剛從密西根州搬來新罕布夏時，我收到一個很厚的牛皮紙信封，是安娜堡的一位酒會朋友寄來的，他曾經想寫小說，但最後放棄夢想改為從事人資工作。信封裡有一篇很長、很長的評論，是從一本文學季刊上剪下來的，作者是一位我不認識的教授，他大肆抨擊我所寫的所有作品——詩、童書、回憶錄、短篇小說，甚至連教科書也不放過，而且那本還獲得他任教的學校採用。那位教授說我寫的教科書很好。事實上好過頭了，接下來他以同樣明褒暗貶的方式批評我的書。那位酒會朋友附上一張字條，寫著：「我認為你應該會覺得很好笑。」

大家都聽說過皇帝處死信差的故事。那個皇帝做得很對。我從《紐約書評》（*New York Review of Books*）的分類廣告中找了一個殺手。

我這個世代的人相信藝術家的價值不在於一時的名氣，而在於能否流芳百世。最近我們已經很少聽說羅伯特・洛厄爾了，當他過世時可是頂尖的知名詩人。以後一定還會再聽到洛厄爾的名號。至於對他影響甚鉅的艾倫・泰特（Allen Tate）[111]，未來還會再出現嗎？從歷史看得出來，大部分的詩人都會遭到遺忘，有些幾十年後會再被世人想起，有些從此消失。安德魯・馬維爾（Andrew Marvell）[112]消失三百年之後才復活。傳記或書信集會讓世人重新注意到詩人，但也可能太過關注作家卻冷落作品。詩人如何死去也有影響。相較於其他詩人，約翰・貝里曼（John Berryman）[113]與希薇亞・普拉斯（Sylvia Plath）[114]的生平更廣為人知。丁尼生的名聲歷久不衰，直到二十世紀的人判定維多利亞時代老古板不可能是詩人。葉慈一九三九年逝世，但他的聲勢持續成長到六〇年代，可謂超乎尋常。後來因為他的誇大言論而跌下神壇（珍說她絕不會跟這種人買二手車）。葉慈會像丁尼生一樣在文壇復活，然而我從前的老師阿其博・麥克列什（Archibald MacLeish）[115]不會，儘管他在有生之年得過三次普立茲獎。羅伯特・佛洛斯特也一樣，這麼多普立茲獎得主同遭歷史埋葬，這座墓園確實格外光彩。席奧多・羅賽克（Theodore Roethke）[116]在一九五〇年代廣受各方讚譽，但到了八〇年代幾乎完全消失。我似乎看到他巨大的身影再次隱約從邊緣浮現。約翰・濟慈英年早逝[117]，這顯然是很成功的高招。

我們還是希望能趁詩人活著的時候多加關注——聽他們朗誦、讚美他們、鄙視他們、利用他們。死亡通常會讓他們消失。我的永垂不朽應該只能撐到葬禮後六分鐘。文學是零和遊戲。一個詩人再度興起；另一個詩人就會更加沉寂。就像從斯德哥爾摩搭機回家的諾貝爾獎得主一樣，我們明白——我們嘆息。

103 二十世紀美國詩人，曾榮獲美國國家書卷獎。

104 二十世紀英國詩人，「運動派」（The Movement）成員。

105 二十世紀美國作家、詩人，「垮掉的一代」（Beat Generation）文學運動核心成員。

106 美國小說家、自然學家。

107 美國小說家，普立茲獎得主。

108 美國小說家、評論家，曾獲美國國家書卷獎最佳小說類與非小說類獎。

109 美國詩人，出身波士頓上流家族，經常以此作為寫作背景。

110 英國小說家、詩人。

1111 美國詩人、文學評論家，曾於一九四三至四四年擔任桂冠詩人。

112 十七世紀英國詩人。

113 二十世紀後半美國詩人，自白詩派的重要人物。長年受酗酒與憂鬱症困擾，於一九七二年在明尼蘇達州跳橋自殺身亡。

114 二十世紀美國天才詩人，成年後的人生飽受憂鬱症所苦，多次自殺未遂後，於一九六三年一氧化碳自殺身亡，享年三十歲。

115 二十世紀早期現代主義美國詩人。

116 美國詩人，發表過數卷具有節奏感和自然景象的詩集。一九五四年獲得普立茲詩獎。

117 濟慈於一八二一年死於肺結核，享年二十五歲。

Garlic with Everything
所有菜都放大蒜

我和珍搬去新罕布夏之後，經常開車去蒂爾頓（Tilton），我的阿姨和姨丈住在那裡。路上我們會經過一棟白色小房子，招牌寫著「義大利餐廳」，下方，門的兩邊以略小一點的字體重複表明：**不放大蒜**、**不放大蒜**。

這樣的宣言並不奇怪。在舊時代，新罕布夏的菜餚幾乎像英國菜一樣難吃。一九三八到一九四五年，每年暑假我都去外公的農場，幫忙收割牧草，我親愛的外婆凱蒂廚藝極差。午餐可能連續三天都吃同樣的菜色：堅持要孵蛋的老母雞，燉上十二小時。有時菜色是一片煎午餐肉，有時是沙丁魚（我在茅房嘔吐）。每星期一次，肉舖老闆開著卡車過來，停在大門外，向外婆展示各種肉。他賣的烤牛肉有如做成木乃伊的騾子。外婆煮的蔬菜只是勉強能吃。春季她會煮現採的歐洲蘿蔔（parsnip），夏季栽種，在雪融時採收。整個夏天她都煮現採的豌豆和各種豆類。冬季吃裝在玻璃罐裡的醃漬蔬菜。這些從菜園採收的蔬菜，無論新鮮或醃漬，全都煮過頭，上桌時糊糊爛爛。

有些菜色比較好。地窖裡的蘋果，撐過冰霜，幾乎能吃到下一批收成。莓果做成果醬，蘋果酒變成蘋果醋（廚房餐桌上放著一瓶，預防壞血病）。一日三餐當中，至少會出現一次派，派皮從來沒有烤透。早餐必備兩顆太陽蛋——非常完美——加上一片放太久的百果派。亨利開的雜貨店位在距離農場半英里的西安道佛（West Andover），他的店裡沒有冷藏設備，所以儲藏室擺滿午餐肉與沙丁魚罐頭。我們有冷藏箱，外公每天都會從冰庫搬冰磚替換。有時我會走路去亨利的店，用一打新鮮雞蛋換一卷衛生紙或一包鹽，有時也換午餐肉或沙丁魚罐頭。據說，以前的冬天更冷，祖先會殺豬掛在工具棚裡，整個冬季熬豬油、割豬肉。

即使有餐廳，我們也從來不去，因為我們的交通工具是一匹馬拉的小型馬車，去不了太遠的地方。鄰居有輛福特A型車（Model A），有時會載我們去富蘭克林市買東西。在Newberry's百貨可以用兩毛五買一盤燉豆配香腸。回家吃午餐，我用兩片Wonder Bread白吐司夾生洋蔥做成三明治。外婆認為這種新產品是二十世紀的奇蹟。數十年來，她都必須自己烤麵包——週一洗衣、週二熨燙、週三烘焙——一週後，剩下的最後一條麵包硬到刀都切不動，牙齒更咬不動。Wonder Bread 白吐司，在亨利的店裡才賣一分錢一條，而且已經切片了。甚至比剛出爐的麵包更鬆軟，即使放上一星期也不會變硬，兩星期也一樣。更多創新產品一一出現——Velveeta 加工起司、Hostess Twinkies 盒裝奶油小蛋糕、Miracle Whip 罐裝美乃滋——但什麼都比不上驚天動地的 Wonder Bread 白吐司。

開學後我回到康乃狄克州，家裡的菜色精緻多了。早餐吃穀片，三種口味輪流：Wheaties 全麥穀片、Cheerios 穀圈圈、Rice Krispies 米穀片。牛奶每天早晨送到家，布洛克霍爾乳品廠（Brock-Hall Dairy）是我家開的，馬車載著牛奶送到後門，送牛奶的人後來改行當巡迴推銷員。春谷文法學校中午放學後，我走路回家吃花生醬果醬三明治。晚餐的菜色是羊排配罐頭蔬菜和馬鈴薯，每天差不多都是這一類菜色（當克拉倫斯·伯宰〔Clarence Birdseye〕發明冷凍豌豆時，超市的冷凍櫃像網球場一樣巨大）。哈姆登家中最受歡迎的一道菜是美式雜菜，我母親到九十歲都還常煮。在平底鍋中融化四分之一磅的奶油，放進洋蔥丁煎炒。加入半磅揑碎的漢堡排。將 Chef Boy-Ar-Dee 罐頭義大利麵整罐倒進去，這樣就可以上桌了。奶油、洋蔥、漢堡排混在一起，加上軟爛的假義大利麵，這道菜和中式雜菜沒有任何關係（中式雜菜也和中國沒有任何關係）。全然是美式精緻料理。

每年九月二十日，我可以選菜色——肉捲、玉米粒、米飯，最後是插著蠟燭的香草糖霜巧克力蛋糕搭配一球布洛克霍爾冰淇淋。每餐飯後都有甜點，通常是西米布丁（「魚眼睛和膠水」），不然就是加了美味罐頭水果之後放進模型冷藏的果凍。這樣說起來，感覺我母親似乎很辛苦，但其實煮飯是她唯一做的家務。在康乃狄克州郊區，中產階級家庭的婦女被要求整天待在家，除了煮飯、燙衣服什麼都不做。打掃家裡是移民的工作。我母親打橋牌、參加婦女會、購物。每週她洗、熨十四件白襯衫，因為父子兩人都需要穿正式服裝。

星期日晚上，我們在移動式小桌旁吃三明治，坐在收音機旁邊聽六點傑克・班尼（Jack Benny）主持的節目，接著聽菲爾・哈利斯（Phil Harris）的節目，最後是佛瑞德・艾倫（Fred Allen）的節目（偶爾一小時後我會躲在臥房被窩裡，偷偷用父母禁止的小收音機聽賓・克羅斯比〔Bing Crosby〕的節目）。三明治的餡料是加工起司，抹在Wonder Bread白吐司上，去邊之後對切。起司買來時裝在卡夫（Kraft）公司的小玻璃罐裡——鳳梨奶油起司、加入西班牙辣椒的橘色起司醬。吃完之後，那種底小口寬的玻璃罐還可以留下來裝喝不完的罐裝柳橙汁。住在新罕布夏的外婆會把哈姆登這邊的起司玻璃罐拿回去，因為她習慣在睡前喝一點熱的Moxie汽水，這種罐子剛好適合。

在康乃狄克州的家，需要特別慶祝的時候，我們會去長島海灣（Long Island Sound）的一家餐廳，店名叫海貝（Sea Shell）。我每次都點同樣的菜色，前菜是鮮蝦沙拉——三隻蝦泡在蕃茄醬與辣根醬中——然後是菲力牛排配一種蔬菜。甜點從推車上選——巧克力蛋糕、焦糖草莓——三道菜的大餐只要九毛九（老人家最愛用古早時代的物價讓年輕人吃驚。「五加侖汽油只要一元，如果加滿油箱還會贈送餐盤組。」）。大部分的時間，我們都在家吃飯——貝蒂・克羅克爾（Betty Crocker）[118]風格的餐點，就像一九七五年在新罕布夏的義大利餐廳一樣，不放大蒜。

進入哈姆登中學之後，我才開始認識大蒜。春谷文法學校屬於郊區中產階級，非常平淡蒼白。在哈姆登中學，我第一次聽到朋友互稱「Paisan!（義大利語：老鄉）」。第一次世界大戰與第二次之間那二十多年，成千上萬的移民從義大利卡拉布理亞與西西里來到美國。學校的籃球隊員都是立定投籃的高手，平均身高五英尺二吋[119]。進入哈姆登高中的社會之後，我立刻摒棄春谷的文化，因為他們瞧不起有口音的人。我結交的朋友都是義大利移民第二代，他們改變了我的飲食習慣。在披薩店裡，我愛上大蒜。現代人應該很難想像，但是在那個時代，披薩是神秘的外國食物。大部分的美國城市都沒有賣披薩，更沒有必勝客、達美樂、Papa Gino's、Pizza Chefs、Little Caesars之類的連鎖披薩店。從東岸到西岸，只有南義大利移民聚集的社區才有披薩。就連北義大利人都沒聽過披薩。一九五一年，我在佛羅倫斯的一家餐廳點披薩。服務生一頭霧水。他進廚房去問，回來後告訴我要等明天才有。難道廚師現場翻食譜學？第二天，他送上我人生中最難吃的披薩——慘白軟趴趴，除了滿滿大蒜，沒有其他味道。聽說現在佛羅倫斯也有披薩店了。

在哈姆登，每次我和朋友晚上出去玩的時候，一定會吃義大利菜（有些披薩店不會要求出示證件，十五歲的小鬼也能點啤酒）。我還記得奈特・曼恩（Nate Mann）披薩店。老闆就是奈特・曼恩本人，他曾經和重量級拳王喬・路易斯（Joe Louis）打過兩、三場。喬習慣破壞對手的邊繩陷阱（rope-a-dope）[120]。和同學說到披薩時，我們不用「披薩」這個詞。南義大利有自己的發音。我們說「阿嗶斯」，也就是「阿披薩」（apizza）這個詞的P變成B發音，略過最後的母音。上大學之後我才改成說「披薩」。

* * *

寄宿學校供餐的食物大多看不出究竟是什麼，但我還是照吃不誤。用餐時，七個學生一桌，輪流充當服務生，一人一天，剛好一星期。大學的餐廳是自助式，至少還有選擇，我們在啤酒館喝到午夜打烊，然後去海耶斯畢克福餐廳（Hayes-Bickford's）吃東西。有一次，一位教授帶我去哈佛教職員俱樂部吃午餐，那天的特餐是馬肉排，兩元一份，像美國雜菜一樣粗飽。我在其他地方寫過飲食經驗，足以令人生改觀。在牛津求學讓我深刻體會英國烹飪。二十一世紀倫敦的一流餐廳不輸巴黎，但是在一九五〇年代絕非如此。英式速食特餐是吐司上面鋪一層焗豆。我們在國王紋章酒館喝不冰的苦啤酒，高聲吶喊：「焗豆吐司！焗豆吐司！」學期之間六週的假期，我從牛津飛往巴黎。食物！搭乘螺旋槳飛機從倫敦去巴黎只要一個小時，飛機上供應午餐。第一次飛巴黎時，我搭乘英國海外航空（BOAC）。回程時則搭乘法航，飛機上供應一種蒜味零食，從此之後我再也不坐其他公司的飛機。

牛津求學、和科比結婚，之後我們在史丹佛停留一年，因為我拿到一年兩千元的獎學金。我記得當時會研究廣告找超市特惠商品，開車在帕羅奧圖（Palo Alto）跑來跑去，買每家店最便宜的東西，為了買便宜八毛錢的香腸消耗五分錢的汽油。當我得知申請到另一間學校的獎學金——整天寫作就好——我們夫妻去門洛公園（Menlo Park）吃飯慶祝，那家店最有名的菜色是只要七分五毛的蒜味漢堡。

剛開始在密西根大學教書時，我教暑期班，兩堂美國文學，一堂十一點、一堂兩點。那時我長胖很多，可能是因為我在三餐之間吃阿比連鎖餐廳（Arby's）的烤牛肉堡。為了減肥，每天我用玻璃罐裝午餐去學校——德式泡菜、蒔蘿酸黃瓜、水煮熱狗。我成功減掉二十磅，但是一恢復原本的飲食習慣又立刻胖回來：中午吃三個花生醬三明治，然後再來個阿比烤牛肉堡。雖然在安娜堡教書有薪水，但我和妻兒依然喝六分錢一罐的奶粉，而不是瓶裝的鮮奶。我很節省。除此之外，我們主要都吃焗烤菜。有一次詩人羅伯特．布萊和妻子卡蘿來訪，羅伯特非常生氣，我身為教授，竟然住獨棟房屋。他們夫妻住在明尼蘇達州西部，沒有電也沒有自來水，用油燈照明，沒有室內廁所，只有戶外茅房。他很不爽，把啤酒倒在我的晚餐上。我沉著地拿起盤子，去廚房把上面的東西倒掉，從爐子上的鍋裡重新盛了一些西班牙米飯。我坐下，端起我的啤酒潑在他臉上。

離婚之後，我完全不記得吃了什麼，只記得喝了很多海悅（Heaven Hill），這種波旁威士忌只要兩塊五分錢。我的月薪九百元，但子女的贍養費要一千一，因此我不得不寫教科書。五年後，我和珍結婚。我們離開安娜堡住進這棟老房子，我事先警告過她，在新罕布夏很難找東西吃。我告訴她，這裡買不到非當季的蔬果，沒有大蒜，沒有小牛肉，沒有起司。我忘記了現在我們開車，不是騎馬或駕馬車了。我們去新倫敦購物，車程十五分鐘，我們習慣去克雷森提超市（Cricenti's）。二十多年前，在巴黎，我愛上了西芹根沙拉（céleri rémoulade），這道前菜將西芹根切成細絲，加上大量美乃滋、黃芥末、醋、檸檬汁、鹽和胡椒。住在密西根州的時候，我完全找不到西芹根。沒想到我竟然在新罕布夏超市的蔬果區找到了，而且還有斯蒂爾頓藍黴起司、大蒜、康門貝爾起司、英國的巴斯奧利佛餅乾。不用懷疑，某個貨架上絕對還是有午餐肉和沙丁魚罐頭，但我從來沒有看到過。

從搬來的第一年，我們就搶著煮飯。珍熱愛研究食譜，我則是隨興發揮。我煮的菜都以大蒜和一杯橄欖油開始，不然就是做獨家配方的肉餅。有一次我煮肉餅給女兒吃，中間放了三顆水煮鵪鶉蛋。我的另一道拿手菜是紅酒燉牛肉，加入洋蔥、馬鈴薯、大蒜、羅勒，以及香料架上所有東西。後來醫生宣布我罹患糖尿病。「你是想說前期糖尿病吧？」我解釋。「就是糖尿病。」他說。因為糖尿病，所有會讓我變胖的食物都不能吃。我被迫遠庖廚，珍開始研究糖尿病食譜。

她熱愛烹飪，即使是煮病人吃的食物也一樣。她特別擅長將意想不到的食材組合在一起，煮得熱滾滾端上桌——蒸蔬菜、肉塊淋上蘑菇醬。現在只有大型家族聚會我才會下廚。首先，我買來一個巨大鋁鍋。我在蒂爾頓找到一家老式肉舖，老闆自己醃製鹹牛肉。他用金屬鉤從裝滿鹽水的桶子裡撈出一塊很誠實的灰色牛膝，沒有放紅色素的鹹牛肉。「我看大概五磅。」他一邊猜測，一邊將滴乾水的牛肉放在秤上。回到家，我將鹹牛肉放進大鍋，加入切成大塊的包心菜、洋蔥、胡蘿蔔、歐洲蘿蔔、玉米粒，但絕不會放鵪鶉蛋。燉煮四個小時，鹹牛肉與蔬菜的滋味融合，然後放一把羅勒葉與月桂葉，當然不能少了大蒜。上桌之後，我切開牛肉盛盤，加上一堆綜合蔬菜。

午餐吃燉肉比晚餐好收拾。我將絞肉機固定在廚房切肉砧板上，將煮好的牛肉、包心菜、胡蘿蔔、洋蔥與其他食材一起放進去絞。最後一樣食材非常特別：磨碎的甜菜，從菜園拔出來的新鮮甜菜或罐裝保存的都可以。將所有材料放進盆裡攪拌成泥，早餐、午餐、晚餐都適合，就算三餐都吃也沒問題。這是當地特色菜——我只在新罕布夏看過，其他地方都沒有——名叫紅法蘭絨泥（red flannel hash），我會多加一點大蒜。

我和珍吃午餐時都處在白日夢狀態，沉浸在書本的寂靜中，吃完之後我們午睡二十分鐘，下午繼續工作。晚上珍煮晚餐，我坐在客廳的藍色扶手椅上看。她小口喝紅酒，我喝啤酒，可以用餐時她會說：「晚餐準備好了。過來點蠟燭。」一天中只有這一餐我們會正式布置。

美國新聞署（The United States Information Agency）插手擴展我們的餐飲視野。一九八七年，新聞署派我們去中國與日本探討美國詩歌作品，為期七週。這是我們離開家中廚房與寫作工作最長的一段時間。我們吃到從未品嘗過的食物，在幅員遼闊的中國，每天結束都會舉行盛大宴會，五十道菜，最後一道是鵝肉。全中國的晚宴都是五點開席、七點結束，時間一到，東道主就會站起來逃跑。日本料理種類繁多——高級都會餐飲、北部料理，韓國料理餐廳會特別強調衛生、衛生、衛生，就像新罕布夏的餐廳強調不放大蒜（日本人對外國人的衛生習慣很有意見）。在廣島，我們去一家自稱義大利餐廳的店。他們的菜色和奈特．曼恩很不一樣。

後來國務院再次改變了我們與我們的飲食生活。他們安排我們去印度兩趟，在印度境內移動時一律搭飛機，不像中國那時必須坐二十四小時的火車。印度地大物博——十七種官方語言、數百種方言，以英文作為共通語言——各地的口味與食材差異極大，從咖哩到優格，大部分的印度人都信仰印度教，必須茹素。路上到處都是牛，但不會出現在餐盤上。珍熱愛印度教相關的一切，我們的飲食也因此煥然一新。她人生最後的幾年，我們新罕布夏家中的餐點變成印度教素食，廚房裡滿是各種香料。一個月一次，珍會去劍橋市中央廣場附近的印度雜貨店購物。一般她每天會煮一、兩道菜，每天晚上都將印度教菜色做出新的排列組合。雖然我樂見這樣的改變，但是每次外出用餐，我還是會點牛排配蒜味薯泥。

珍罹患白血病之後撐了十五個月。那十五個月裡在醫院餐廳吃了什麼，我毫無印象。多數時候，珍只能透過裝在心臟上的導管接受全靜脈營養注射。珍的葬禮結束後，我家門廊上堆滿全麥麵包，和珍以前做的一模一樣，還有很多焗烤菜，甚至有一條火腿，我切片吃了三週。晚春，我每天晚餐都吃新鮮蘆筍，從馬路對面的菜園現採，那是珍辛辛苦苦翻土、種植、施肥的田地。有時候我會自己去買兩塊豬排，中午吃一塊，搭配冷凍蔬菜，連續吃兩天。我試過一個人去餐廳，但我實在受不了。重新開始交女友之後，我才再次吃到皮耶羅日晷餐廳的燉小牛膝（我十四歲時以為寫詩可以吸引女生，但沒用，現在這招終於奏效了）。一天晚上，我帶著女伴走進新倫敦的石磨餐廳（Millstone），帶位領班問我是不是帶孫女來吃飯。我們兩個都大聲說：「不是！」那位領班後來再也沒有出現過。我交往的對象大多會被誤認為我的女兒，但孫女還是第一次。在家中，我為她們烹調紅酒燉肉、肉餅。有些女友在我家或她家的廚房煮飯。一位朋友從加州飛來，帶了自己的壓蒜器，我們去克雷森提超市買了幾球大蒜。經過幾年的風花雪月，我終於和琳達定下來。在我停止開車之前，我們兩個輪流做晚餐。後來我們都出去吃，因為我需要出門透透氣。我開車去書店、超市、皮耶羅的餐廳。他煮菜不怕用大蒜。

過了八十五歲之後，我的胃口變小了。去餐廳吃飯我都得打包剩菜。女兒幫我煮辣肉醬冰在冷凍庫，每年固定送我一大塊斯蒂爾頓藍黴起司。兒子一整年不間斷供應五年成熟的佛蒙特切達起司。琳達煮好濃湯放冷凍，她也做牧羊人派和蒜味馬鈴薯。凱蘿爾給我一夸脫[121]的燉肉，食材是路殺的熊。大部分的晚上，我推著四輪助行器去微波冷凍食品。我一直只買Stouffer's這個品牌——紅盒子的瑞典肉丸，或者是填餡青椒、切達馬鈴薯；白盒子的肉餅配馬鈴薯、波特貝羅香菇排配花椰菜、莊園風燉牛肉配地瓜——所有菜都放大蒜。

118 虛構人物。由Washburn-Crosby Company所創造，作為推廣蛋糕預拌粉與食譜的廣告人物。

119 約一五七公分。

120 拳擊比賽時，一方故意靠在邊繩上佯裝不敵，誘使對手出拳耗費體力。

121 約九四六毫升。

A House Without a Door 沒有門的房子

我的表姊奧黛莉九十六歲。她教閱讀整整六十年，除了是職業也是志工。她任教的丹伯里小學（Danbury Elementary School）去年秋天特別為她舉辦慶祝活動。奧黛莉的頭腦依舊敏銳，但是像我一樣，走路必須用四輪助行器。我認為學校很好心，特別安排我們兩個坐在一起，這樣她才不會看起來是全場年紀最大的人（實際上，我比她小十一歲）。我告訴她最近做的夢，夢裡我在黑漆漆的房間走動，到處是陰森的陌生男性。我感到有些焦慮，想要出去。我拚命找門，但怎樣也找不到。那是一棟沒有門的房子。

奧黛莉說：「有時候真的很不容易。」

我和珍剛搬來的時候，我忙於自由撰稿的工作，整天都在寫文章，換種類的時候會休息一下。整整十年，我們沒有柴油暖爐，我必須去外面的棚屋搬木柴進來，點燃高齡百歲的Glenwood暖爐，然後氣喘噓噓回到掀蓋式書桌前繼續工作。有了中央暖氣系統之後，我失去了搬木柴的運動。於是工作之間的運動變成帶狗狗加斯去散步，或是開車去摩根丘書店逛逛，不然就是去克雷森提超市，買一罐其實不需要的西班牙辣椒。八十歲那年，我兩度發生車禍，之後我將破爛老車賣掉，接下來一個月，我感到非常煩躁，因為無法興之所至就開車出去亂逛。加斯死了，我和貓都不需要遛。慢慢地，想開車的慾望降低，我祝賀自己，終於接受了逃不過的限制。然後我就做了那個怪夢。

我的問題不在於死，而在於老。我經常抱怨失去平衡感、膝蓋無力，站起坐下都很辛苦。昨天我坐在扶手椅上睡著了。我從來不會坐在椅子上睡著。我每天都忍不住瞌睡。我坐著，做白日夢思考接下來要做什麼：穿上毛衣、吃一片派、打電話給女兒。有時我會甩開白日夢站起來。聖誕節或生日的禮物我已經不想要特別的東西了，連書也不要，我只要能吃的，切達或斯蒂爾頓起司，女兒做的辣肉醬；或換掉穿到破舊的卡其褲、T恤、襪子、內衣褲。冬季時，我每天穿長袖T恤，夏季時換成短袖。

朋友死去，朋友失智，朋友爭執，朋友老了之後默默漸行漸遠。我和珍一九七二年結婚，當時她二十四歲、我四十三歲。我們延遲了六個月才結婚，因為擔心她會當寡婦。我接受手術切除半個肝，珍寫下輓歌——〈否則〉（Otherwise）、〈預後〉（Prognosis）、〈法老王〉（Pharaoh）——我沒死，但隔年到處都舉行了很大方的生前葬禮（一個寫作團體辦了唐納・霍爾專題活動；密西根大學給我榮譽博士）。一九九四年一月，完成化療之後我覺得身體很正常，但醫生診斷出珍罹患白血病，一九九五年四月，她過世。我將永遠悼念她。

十年前，我找到了琳達，她幫我走出家門。我出遠門朗誦時的生活所需都由她照料，從紐約到洛杉磯，從華府到芝加哥，從蒙特雷到賓州到堪薩斯市。我們搭機出國參加國際文學節，瑞典、溫哥華、墨西哥，去了兩次愛爾蘭。我前去朗誦時，主辦單位會負責旅程開銷，累積的哩程數讓我們可以更常進行奢侈的旅行。夏季時我們飛去氣候溫和的阿根廷與智利。五、六月適合去倫敦。七月夠熱，可以去俄羅斯聖彼得堡。春季我們去義大利，每個季節都去過巴黎。第一次去法國時，我們投宿的飯店供應宛如天國美味的可頌麵包。有一天早上，我吃了十四個。數次來回巴黎之間，我的平衡感開始衰退。我走路時像鴨子一樣腳張得很開，走樓梯變得越來越危險，我們住的飯店大門前有五級臺階，而且沒有扶手。我的旅行社業務荷莉幫我找到另一家飯店，沒有臺階，距離原本那間三個路口。我們蹣跚上計程車去參觀博物館，重溫以前看過的偉大傑作，也發現以前沒看過的作品。我在雙叟咖啡廳（Les Deux Magots）吃康門貝爾起司三明治，起司熟成恰到好處，長棍麵包溫熱、厚實、柔軟，非常美味。有一次，服務生點完菜之後離開，但很快又回來。他說可能要等幾分鐘；麵包店剛送來新鮮麵包。一天有多少機會可以剛好遇到溫熱長棍麵包送達雙叟咖啡廳？晚餐時，我們會去高級餐廳——銀塔餐廳（La Tour d'Argent）、拉比魯茲餐廳（Lapérouse）——但後來我們找到名氣沒那麼大，環境樸素溫馨的餐廳。我最喜歡的一家在尋南路（rue du Cherche-Midi）上，老舊平凡的約瑟芬小館（Joséphine "Chez Dumonet"），我好愛那裡的紅酒燉牛肉，不亞於我喜歡巴黎的程度。

二〇一一年九月我和琳達最後一次飛往巴黎。我八十三歲，在家的時候為了避免跌斷髖骨，我總是推著四輪助行器。去巴黎時，我只帶了一根拐杖，以為只要多走路，腿就會長力氣。哈。五天後，我一步只能跨出兩、三吋。想吃紅酒燉牛肉可以坐計程車去，但琳達得一個人去欣賞畫作，因為我只能躺在床上讀書。

一年後，琳達找到一份教法語的工作，學校放假時，她會回巴黎練習語言。她一個人去。

年紀大並非只有壞處。我已經很多年沒有在機場走路了，坐輪椅才是最舒服的移動方式。這些年來都有機場員工負責幫我推輪椅，過安檢只要五十四秒；這些年來，我一直是最早登機的乘客。明尼蘇達州機場幫忙推輪椅的員工堅持要琳達也坐輪椅，因為她用走的會拖慢他的速度。他有如短跑世界冠軍尤塞恩．博爾特（Usain Bolt）高速衝刺帶我們去行李轉盤。二〇一〇年，一所大學頒獎給我，我和琳達一起搭機前往。領獎當天凌晨兩點，我身體不適醒來，發現得了腸胃炎。中午時服用止瀉藥讓我全身無力，我勉強撐過下午四點的頒獎典禮。第二天搭機返回巴爾的摩─華盛頓機場時，我依然發抖無力。一位員工推輪椅帶我去到西南航空（Southwest Airlines）飛的登機門，準備飛往新罕布夏的曼徹斯特。像平常一樣，我第一個登機，琳達跟在後面。移動到座位上時，我的褲子掉下來，落在腳踝處。琳達表示這只是「技術問題」。

朗誦會的主辦方越來越辛苦，因為我的需求太多——而我也大幅減少了朗誦次數。我的朗誦經紀人會先確認場地沒有樓梯。如果有人說只有少少幾級臺階，到了現場很可能會發現其實有十級（一般人從來不會留意）。大部分的時候我每天都過一樣的生活，除了開始與結束的時候，我不會特別感到無聊。早晨，我啟動咖啡機，黏上假牙，服用四顆藥，吞膳食纖維，將灑在鬍子上的擦掉，無力的膝蓋穿上護具固定好，浮腫的腿穿上緊到很痛的襪子——然後讀報、喝黑咖啡。白天不會無聊，因為我整天閱讀、寫作不同的文章，寫作讓我感到充實。上床像起床一樣令人倦怠。在咖啡機裝好粉和水，準備明天早上用，拆掉假牙泡水，吃夜間的藥，解開護具，脫掉緊到很痛的襪子。

就算過上幾週、幾個月也不會無聊。因為我很早就開始自由撰稿生涯，本來就覺得每天、每週都一樣，很難分辨。週日郵差不會來。偶爾不是週日郵差也沒來，我滿心困惑，後來才驚覺原來那天是國慶日。

老年無法接受創新。十年前，我摸過一次電腦。那玩意黑漆漆、硬梆梆，我碰了一下那個叫做滑鼠卻不是老鼠的東西，然後發生了奇怪的事。整條四號公路上，只有我家沒電腦，我也沒有蘋果的產品，一個也沒有。我有一臺電視機，用來看MSNBC新聞頻道與棒球比賽。我看報章雜誌得知時事。臉書的存在顯然是為了消滅友誼。電子郵件與簡訊毀了郵局。eBay取代了車庫大拍賣。亞馬遜讓書店人去樓空。科技發展迅速，然後速度加倍又加倍。藝術一直在打瞌睡。

我應該補充說明一下，配備電子產品的肯黛兒就住在同一條路上。她像我一樣身體有障礙，但是比我年輕三十歲。她罹患多發性硬化症，我們經常一起研究如何順利移動。除了幫我謄打手稿與信件之外，她也幫我記帳，告訴我哪裡付了多少錢、什麼時候付的。她和我的會計合作處理我的稅務。她告訴我該在哪裡簽名。如果我有想知道的事，她會幫我上網查。

每當我因為變化而惱怒時，就會想起我的母親露西。當她再也無法繼續單獨住在康乃狄克州那棟房子裡，我和珍想接她過來，但她需要醫療設施。她有心臟衰竭的毛病，經常會發作，需要立刻就醫。新罕布夏有一家醫院附設的設施，叫做克勞夫安養中心（Clough Center），我們在那裡找到一個床位。她的床旁邊有個電話插孔，但沒有電話機。我們去幫她買電話，但店裡只有按鍵式，像收銀機一樣一排排數字。她非常討厭這種電話。電話就該有轉盤！

我母親到了九十歲依然頭腦靈光。從這座農舍出發，只要二十分鐘就能抵達安養中心裡她的病床。她穿著病患袍慢吞吞走出寒酸小房間，坐上本田車的前座，然後就可以回到她童年時的家，在客廳坐坐，躺一下她出生的床。她甚至可以抽根菸。但她從來沒有來過。年紀大了，什麼都很麻煩。克勞夫安養中心沒有門。

＊＊＊

這座農舍的一樓有廚房、浴室、一間臥房。我已經將近十年沒有下去地下室了——裡面只有幾個空的蘋果酒桶和糖蜜桶，以及早已棄置的桌球臺。我裝了新的鍋爐，但從來沒看過。樓上空間很大，存放許多書籍、報紙、畫作，珍寫詩用的工作室也在二樓。我最後一次上樓——兩百年歷史的樓梯，深度五吋——已經是幾年前的事了，一位先生來為我收藏的畫作估價。我在起居室閱讀、寫作，在客廳看棒球賽轉播，口述信件。我的兒孫會來看我，他們來的日子總是充滿活力。

凱蘿爾幫我打理房子。她幫我洗衣，開車載我去看醫生。她安排我的家具，力求舒適與安全兼具。她檢查我被壁蝨咬了之後有沒有發炎。我的臀部找不到馬桶害我跌倒，她發現之後安裝了鋁製扶手，讓我可以扶。她買電動輔助椅幫我站起來（因為某個可想而知的理由，這種輔具很容易買到二手貨）。她釘了兩個扶手，讓我可以去門廊。我們一起抽菸，我將我們的習慣寫成一篇文章，刊登在《花花公子》雜誌上。我的生活依賴四位五十多歲的女性。健身教練小潘搶先預防，讓我不致於完全依賴輪椅。琳達、肯黛兒、凱蘿爾幫我做其他所有事。和她們說話的時候，我總會無意間以為自己是她們的同輩，而她們眼看著我日漸衰老卻沒有表現出來。我看著鏡子裡誇張的大鬍子，卻不知道後腦勺已經禿了。

三十歲時，我活在未來，因為當下難以忍受。五十、六十歲，我年復一年過著充滿愛與工作的日子。老年的我只能坐在椅子上，寫一點東西，慢慢衰亡。疲憊限制了精力。昨天我第一次小睡是在上午九點半，醒來之後繼續寫作。有些日子，我會扶著結實的欄杆，和琳達一起走下門廊臺階，從樓梯柱走到汽車前座上車。我必須倒著上車，臀部先進去，以免無力的膝蓋承受太多體重。琳達將我的四輪助行器放進後車廂，等到了日晷餐廳再拿出來方便我行走。回到家，我們互相朗讀小說。我們看 Netflix 上的電影。隔天早上，她炒大量甜洋蔥，加上熟成五年的佛蒙特切達起司，混合四顆蛋煎成歐姆蛋，非常美味。

她出門去教四級法文。我拿起筆。

老人有個特色，就是很愛絮絮叨念幾乎被遺忘的舊日。我想起舅公路瑟，他生於一八五六年，很喜歡在農舍的門廊上跟我說去維吉尼亞參戰的年輕人凱旋回鄉的往事。我靜靜聆聽，舅公留著雪白八字鬍，走路時拖著腳，回憶南北戰爭。一九三八年，新英格蘭慘遭颶風肆虐。海岸上的小屋被吹到內陸，斷電，房屋被吹垮——這棟農舍撐住了——鄉間的森林整片被連根拔起。羅斯福總統的平民保育團（Civilian Conservation Corps，CCC）[122]把倒地的大樹砍成木材，將原木放在湖和池塘上保存。之後很多年，東岸所有人都會憶起風災慘劇。當年在剛倒下的樹木間騎腳踏車穿梭的十歲兒童，遲早有一天會離開人世，風災的記憶也將隨他們而去。

我記得南京大屠殺。我記得佛朗哥攻下馬德里[123]。我記得蘇珊・弗利斯比，她住在春谷文法學校旁邊。我記得法蘭克・班乃迪克、菲利斯・摩斯伯、查理・艾克索。我記得一九三九年紐約世界博覽會的主題建築角尖塔與圓球（the Trylon and Perisphere）。我記得希特勒與史達林入侵波蘭。我記得一九四一年坐在左外野看棒球世界大賽（World Series）開幕賽。洋基隊的喬・高登（Joe Gordon）揮出全壘打。我記得珍珠港事變。我記得瓜達康納爾島（Guadalcanal）戰役[124]。我記得在學校認購戰爭債券[125]，一週一分錢。我記得從文法學校畢業，進入校園廣大的哈姆登中學。我記得第二次世界大戰歐戰勝利日與廣島原子彈。我記得見到羅伯特・佛洛斯特。我記得第二次世界大戰對日戰爭勝利紀念日，以及一個女人的裸體。我記得甘迺迪總統遇刺。我和兒子一起去華府參加反越戰示威。我記得九一一事件。當然，我記得的這些事，有一天將沒有人記得。

奧黛莉說：「有時候真的很不容易。」這座農舍有門，我記得珍的遺體被抬出那扇門。我把加斯關在工作室，不希望牠看到她走。

122 「羅斯福新政計畫」的一環，一九三三年至一九四二年間，對十九至二十四歲的單身救濟戶失業男性推行的以工代賑計畫，組織失業的年輕男性到各地進行自然保育工作。

123 一九三六年西班牙發生內戰，由佛朗哥將軍率領的右派勢力於一九三九年攻下首都馬德里結束內戰。

124 第二次世界大戰太平洋戰區同盟國部隊於瓜達康納爾島及其周圍島嶼進行的戰役，目標為保護美國、澳洲和紐西蘭之間的運輸航線。此戰勝利成為盟軍在太平洋戰爭獲勝的轉捩點。

125 由政府發行之債券，目的在於籌募戰爭經費，二戰期間日本與美國皆有發行。

Remains 依然存在

我的曾外祖父（一八二六年出生）將我們住的地方命名為鷹池農場，因為附近有個鷹巢丘，那裡住著一隻巨大的白頭海鵰，每天都來池塘抓魚。然而，他最小的孩子，我的外婆凱蒂（一八七八年出生），從來沒看過那隻鳥。這片土地與賴以為生的生物都改變了。外婆過世三十五年之後，我看到一隻白頭海鵰飛過池塘。

十九世紀，新罕布夏開始建立農場，七成的土地一片開闊。泥土路兩旁都是佔地六、七十英畝的乳牛牧場，牧場後面有可以放牛的大片草原。現在當我在鄉間開車，經過濃密的闊葉或針葉森林時，依然能看到殘存的石牆，以前用來防止牛羊跑出牧場的草原。牧場主人的兒女拋棄了大理石與砂質土壤，他們去磨坊工作，不然就是往西搬遷，去土壤更適合農耕的地方。新英格蘭已經成為美國最多森林的地方，八成的土地都被樹覆蓋。

夏季時，我和外公一起收割牧草，當時新罕布夏的居民不到五十萬，開墾過的土地已經開始變回森林。四號公路（一九二八年鋪設）兩旁，每隔四分之一英里左右便有一座小型農場——幾片牧草田，幾隻荷斯登乳牛，綿羊、雞，一匹拉車載貨的馬——像我外公一樣，在農場繁重的勞務中辛辛苦苦求生存。有很多土地，沒有現金。老舊的鄉下農場已經變回森林了。我和外公走路去山丘上叫牛回家或採藍莓，我們必須小心避開地窖口和廢棄水井。有時候我們之所以會發現地窖口，是因為旁邊有亡故農場女主人種下的蜀葵，讓我們提高警覺。十二歲時，我第一次幫附近的寡婦收割牧草（農場主人過世了；他的妻子不希望田地灌木叢生，所以種了牧草）。我和珍搬來的時候，那片寡婦田在城市人眼中已經是原生林了，濃密的針葉樹高聳參天。新罕布夏州南方，老舊農場全部改建成社區，切割成小塊的土地蓋起一模一樣的房子。現在新罕布夏人口超過一百萬——集中在接近波士頓的郊區，車程不超過一小時，也有一些人是不堪麻薩諸塞州的重稅而逃來，因為新罕布夏州不徵收所得稅。

狄蘭・湯瑪斯寫過一首十九行詩獻給他父親，〈切莫溫和入良夜〉（Do Not Go Gentle into That Good Night），其中重複的押韻句是「怒斥、怒斥光明的消逝」（Rage, rage against the dying of the light.）。二十三歲時我見到湯瑪斯，我告訴他我很喜歡那首詩，他說他不喜歡；他說那是偷學葉慈的（葉慈晚年很喜歡用「怒斥」〔rage〕這個詞）。過了這麼多年，我對那首詩的看法改變了。雖然詩句將他對父親的愛與關懷表露無遺，但也強求他父親做不到的事。在現實生活中，我在密西根大學的一個學生很孝順她暴躁的父親。他很難相處，但她一直很仰慕他的火爆性格。他上了年紀之後變得溫和，她無法承受。她說起這件事時的語氣類似憤怒，彷彿他變軟弱是一種任性。我和珍剛搬來這裡的時候，我們很喜歡我的一位姨婆——八十二歲，比現在的我年輕——她的個性開朗親切。她和珍常常早上一起挖蒲公英，將苦味的葉子煮熟當晚餐吃。姨婆走路時步伐很小，她家門前有六級水泥臺階，沒有扶手，她每次要進家門都很艱辛。她有個三十歲的孫子在當木匠，她請他幫忙裝個讓她扶的東西。我聽見他抱怨說：「她只要想爬就能爬上去。」

以一種藝術為工作的人，應該要喜愛其他形式的藝術，並且在生活中享受。只有經常接觸不同的愛好才能學習到自己的工作。雖然我說要喜愛第二種藝術，但不表示必須十分擅長。八年級時，我放棄了美術課，真的很可惜，因為美術課坐在我旁邊的同學是瑪麗・貝絲・博格斯，我暗戀她。我沒有半點音樂細胞。最值得一提的音樂成就發生在接受肯・伯恩斯的節目《棒球》訪問時。他問我對棒球的看法，為什麼愛棒球，沒有問我會不會打棒球。我認識一些大聯盟球員，寫過關於他們的書籍與評論，為了上肯的節目，我想了二十個小故事。他要我唱〈帶我去看棒球賽〉（Take Me Out to the Ball Game）這首歌，宣稱所有受訪的人都唱過。肯・伯恩斯的魅力無法擋，甚至能說服猴子和黃水仙繁衍後代。在他的敦促之下，我努力唱出「帶我去看……」連我自己都聽得出來調子飄得多嚴重。走音出醜讓我覺得太丟臉，以致於連歌詞都忘了。我敢說，那一集《棒球》的亮點，絕對是我張口結舌唱不出來的模樣。看起來簡直像腦部受損。後製時，肯特地強調這個畫面，給了兩、三秒的特寫。

我愛油畫、雕塑、素描、水彩。我自己收藏藝術品，大多是版畫和海報——彼德．布雷克（Peter Blake）[126]、讓．阿爾普（Jean Arp）[127]、安迪．沃荷、瑪麗．羅蘭珊（Marie Laurencin）[128]、威廉．德庫寧（William de Kooning）[129]、曼．雷（Man Ray）[130]——我最大的嗜好就是逛美術館。我本身只會畫一樣東西，在為我寫的棒球書籍簽名時，我都會畫上。首先畫一個圓，中間畫幾條像半圓月的線，加上幾條短線條穿過半圓。我畫的圓總是歪歪的（畢竟我不是喬托〔Giotto〕[131]），加上表現主義派的縫線，留下空間給獻詞、簽名、日期。

我衷情的一直都是詩，幾乎沒有其他。為了逃避數學與科學，就讀埃克塞特學院時我選擇古典學程——拉丁與希臘，味吉爾（Virgil）[132]與荷馬（Homer）[133]。在哈佛我主修英文，但主要偏向詩相關的課程，至於散文能免則免。有一天，我也不知道為什麼，走著走著就進了哈佛美術館，剛好在舉行孟克[134]特展。這位表現主義大師強烈的風格令我震撼，我後來又去看《吶喊》（*The Scream*）與其他畫作。兩年後，這場展覽移師巴黎，在小皇宮美術館（Petit Palais）展出，牛津放長假時，每天下午我都走路去看。我的美術館人生就此展開，持續不輟，延伸拓展。幾年後，我為《紐約客》雜誌寫了一篇介紹雕塑家亨利·摩爾的文章，並且訪問其他英國藝術家，從芭芭拉·赫普沃斯（Barbara Hepworth）[135]到法蘭西斯·培根（Francis Bacon）[136]。我學到很多繪畫與雕塑的知識，但也得到更多關於詩的想法——例如，亨利·摩爾曾經引用法國雕塑家羅丹（Rodin）[137]的話，羅丹曾經聽一位石匠說：「除非是作為整體的延伸，否則不要思考表面。」

老房子難免有很多洞。去年夏天，一條束帶蛇鑽進我家，在客廳到處爬。我踩住蛇的頭抓住扔出去。同一年，我發現另一位不速之客，但牠堅毅的精神贏得我的寵愛。一隻花栗鼠住進我家，在一樓待了兩、三個月，我猜牠應該是偷吃貓的飼料和水存活。每天我都會聽見牠的叫聲，一開始我還以為是電器發出的警示聲。後來花栗鼠現身，趴著不動，爪子塞在身體下面或交疊放在身體前面。我家的貓緊盯著，似乎著迷了。凱蘿爾買了一個小捕鼠器，用我們想像中花栗鼠愛吃的東西做誘餌。每天早上誘餌都會消失，但花栗鼠同樣不見蹤影。我家的工具棚門下面有一道很寬的縫隙，有一天那傢伙從廚房跑過去，再也沒有出現。我覺得被拋棄了。秋去冬來，我走進堆滿雜物的餐廳，進入老年之後我就沒有在這裡用餐了。我聞到一股腐臭味，從裝著雜亂拍立得照片的盒子裡飄出來。在一堆照片下面，我找到那隻花栗鼠小小的遺體。原來牠沒有逃出去。我用一張廚房紙巾撿起來，屍體僵硬，幾乎沒有重量，我打開門，盡可能遠遠丟出去。第二天我開門拿報紙，發現牠的半個乾屍躺在門邊。

這棟新罕布夏的房子常有土撥鼠跑來，非常惱人。六十年前，我家的親戚佛里曼住在新加拿大路（New Canada Road）旁的一座小棚屋，他在旁邊種蔬菜，用獵槍解決來偷吃的土撥鼠。每年夏季他都會吃一隻。「牠們吃我的豌豆，我就吃牠們！」佛里曼把土撥鼠處理好之後，拿到山丘下借用我外婆的燒柴烤爐，每次烤的時候她都捏著鼻子，佛里曼把烤好的土撥鼠帶回棚屋吃。

我的外祖父母在馬路對面種植蔬菜，一年的收穫十分豐富：豆子、豌豆、洋蔥、馬鈴薯、玉米。菜園最裡面那邊種甜玉米，神出鬼沒的浣熊每晚都會去偷吃。靠近房子的地方種豌豆與豆子，看到豆莢被土撥鼠吃光真的很讓人火大。小時候我會坐在澆水用的水泥槽上，拿著我的點二二莫斯伯格來福槍，靜靜等候一個小時，撲滅那些偷吃的鼠輩。我和珍搬回來時，開墾了另一個菜園。那時我年近五十，沒有耐心拿著槍等那麼久。於是我買了捕鼠器。我從門廊可以看到捕鼠器啟動。我拿著同樣的那把莫斯伯格來福槍穿過四號公路，殺死那隻在捕鼠籠裡發抖的土撥鼠。每年夏季我都會想起一次佛里曼的壯舉。我拿起放在廚房裡的《廚藝之樂》（*Joy of Cooking*），厄爾瑪．隆鮑爾（Irma Rombauer）[138]還真的寫了土撥鼠食譜。當我讀到剝皮時要小心檢查是否有蟎蟲時，我闔上書，把屍體拿去埋。

我的捕鼠器是從農業百貨阿格威（Agway）買的，農夫大多離開了，但他們依舊販售農業器材。要解決土撥鼠的問題，捕鼠器並非唯一的辦法。如果找得到洞口，也可以灌毒藥，不過對我而言，最有效的辦法還是用點二二來福槍賞牠一發子彈。阿格威的一位店員告訴我，曾經有一位客人氣到發瘋，買了炸藥塞進土撥鼠洞裡，把整座菜園炸得天翻地覆。

＊＊＊

我和琳達出遠門朗誦時，每到一座城市都會造訪美術館。在耶魯，我們欣賞斯圖亞特．戴維斯（Stuart Davis）[139]的畫，施維茨（Schwitters）[140]厚達六吋的拼貼藝術令我們駐足。無論去到哪裡，我們都熱愛馬諦斯（Matisse）[141]。賽尚（Cézanne）[142]的繪畫技巧比較高明，但馬諦斯的色彩太過震撼。在巴黎，我們被畫作迷得忘乎所以，在羅馬讚嘆遺跡與梵諦岡，豐富多樣化的紐約，倫敦的國家藝廊與泰特美術館（Tate），華盛頓，聖彼得堡冬宮博物館（the Hermitage），芝加哥美術館。在智利，我們欣賞到殖民前的雕塑。我坐在輪椅上，琳達推著我逛美術館，我以全新的視角欣賞。我往上看。有時反光會讓我看不清楚，但大多數的時候，我樂於這種屬於殘障者的角度。

巴黎的美術館出乎意料地對殘障者十分友善。當我拄著拐杖蹣跚加入龐畢度中心入口的排隊人龍，工作人員揮手要我們到最前面，免費讓我們入場。我們最後一次去的時候，剛好遇上了孟克的巡迴展，真是太巧了。有一次在羅浮宮，我們走到蒙娜莉莎的前面，紅絨繩圍著畫不讓群眾接近。一位館員解開紅絨繩揮手要我們進去。

很久以前，我親眼目睹從年輕到老的變化。一九〇三年，約翰·辛格·薩金特（John Singer Sargent）[143]畫了一幅肖像《費斯克·華倫夫人與女兒》（*Mrs. Fiske Warren and Her Daughter*）。我二十歲那年，在波士頓巧遇費斯克·華倫夫人與女兒。那是一位非常、非常年長的女士，配戴絲絨頸鍊，上面掛著一個浮雕人像裝飾，已屆中年的女兒站在她身邊。四十多年前薩金特所畫的肖像中，母親外型優美，展現波士頓上流風格，十二歲的女兒靠在她身上，姿勢輕鬆，因為這一刻而激動。我眼前的這對母女是同樣的兩個人，但又完全不一樣。女兒容貌平凡，神情流露疲憊或失望。她的母親滿臉皺紋、身材嬌小，出於禮儀與自尊而依然保持姿態筆挺，但開口說話時聲音顫抖。

多利安・格雷的肉體保持青春，而肖像老去[144]。

灰松鼠在車道上挖洞。紅松鼠比較狡猾，鑽進二樓牆壁的隔熱材料裡，將粉紅色碎片藏在工具棚屋頂的縫隙中。農舍總是有很多老鼠，但是以前更多，因為外公會將穀物存放在棚屋中。在那時候，一隻貓媽媽每年會生三窩小貓，小貓吃老鼠，我外公去擠奶的時候，小貓都會跟著去。在牛舍裡，外公將牛乳頭一轉，直接把荷斯登乳牛的奶射進嗷嗷待哺的小貓口中。最終每隻小貓都會跑到四號公路上一探究竟，我負責為被車碾死的小貓收屍，洞要挖得夠深，屍體才不會被其他動物挖出來吃掉。老貓媽媽在牛舍地板上磨乳頭，牠從來不會靠近馬路。當家裡老鼠成患時，外婆會放一隻貓進家裡捕鼠。除了這種特例，平常捕鼠的貓和牧牛的狗都不准進屋裡。房子是給人住的。

一九七五年，我和珍從密西根搬來時，三隻貓也跟著來。安娜堡只有十萬人口，卡多、咪雅和阿拉貝拉可以在外面任意遊蕩。新罕布夏的四號公路迫使牠們變成室內貓。牠們似乎不介意，大概是因為屋裡有源源不絕的老鼠。一年四季，珍總是在家裡赤腳走來走去寫詩。貓咪為了炫耀戰績，將支離破碎的死老鼠放在她習慣走動的路線上，每次她赤腳踩到都會發出很特別的小聲尖叫。

一九四〇年的小動物到了二〇一四年依然存在。我們看到狐狸，紅色白色都有。狐狸很漂亮，而且難得現身，但從前牠們可是雞舍的惡霸。為了安全起見，每天晚上外公都會把雞關起來。到現在依然會看到負鼠裝死或到處狂奔。臭鼬一大堆。也有貂。我們也會看到魚貓（Fisher Cat），這種動物不是貓，而是一種貂，會將豪豬翻過來，撕裂毫無防備的柔軟腹部。沒死的豪豬躲在樹上高處，樣子很像鳥巢。我們的狗加斯有一次在樹叢裡遇到一隻，回家時口鼻插滿了刺。獸醫幫了大忙。水獺到處繁衍興盛，啃斷樹木，不久前這種動物還瀕臨絕種。據說有山貓，但還是不要遇見為妙。

現在樹長回來了，新的動物也來了。從西方遷徙而來的郊狼徹夜嗥叫，但我們始終沒有看到。小時候和外公散步時，我從來沒看過野生火雞。一九八〇年代我才第一次見著。那天我出門遛加斯，看到一隻灰色羽毛的火雞穿過新加拿大路。加斯太過驚訝，整隻狗呆住——我也一樣——火雞一路點著頭從我們面前走過。不到一年，我在一片草地上看到整群野火雞，至少有二十五到三十隻。

鹿的數量減少，但去年夏天我的牽牛花被牠們吃光了。三十五年前，附近有一座燒毀的農場，馬路對面的廢棄果園每年都開花結果。鹿常去吃乾枯的小蘋果，因此那座果園成為狩獵的好地方。我的舅舅埃佛瑞特每年會射殺一頭公鹿，我們家的冰箱總是有冷凍鹿肉（千萬不要搞混，野生鹿肉的滋味美好濃烈，不是餐廳裡那種毫無滋味的鹿肉）。現在惠特摩農場的果園早已消失，變成針葉林了。一名州警買下那片土地想種聖誕樹，但始終沒空去處理。鹿變少了，獵人也跟著變少。外公的牧草原變成森林，熊取代了鹿。凱蘿爾把熊肉拿去燉。偶爾我會看到熊本尊，但大多數的時候只會看到排遺，以前我會在前面的楓樹上放餵鳥器，每年春天都會有一個被打壞。搬來這裡十五年之後，森林逐漸將我們包圍，珍沿著新加拿大路遛加斯，一隻小熊被牠追到樹上。假使熊媽媽在附近，加斯恐怕就沒命了，甚至連珍都可能跟著遭殃。二十年後，有時我會看到麋鹿，以前農業興盛時從來沒有出現過。一年夏季，每天早上六點都會有一頭大麋鹿帶著一頭小麋鹿——我猜應該有血緣關係——穿越四號公路，從雷格德山出來往東走，去鷹池喝水。牠們頂著優美的角昂首闊步，像回歸的白頭海鵰一樣新，也一樣古老。

126 英國藝術家，普普藝術大師。

127 德裔法國超現實主義雕塑家、畫家。

128 法國畫家、版畫家。

129 美國抽象表現主義藝術家。

130 美國現代主義藝術家，為達達主義運動和超現實主義運動做出重大貢獻。

131 義大利畫家與建築師，公認為文藝復興時代的開創者，被譽為西方藝術之父。

132 古羅馬詩人，被奉為羅馬的國民詩人，被當代及後世廣泛認為是古羅馬最偉大的詩人。

133 希臘的吟遊詩人，創作了史詩《伊里亞德》和《奧德賽》。

134 挪威畫家，最著名作品《吶喊》名列當代藝術標誌性圖像。

135 二十世紀初期英國現代主義藝術家、雕塑家。

136 生於愛爾蘭的二十世紀英國畫家，作品以粗獷、犀利，具強烈暴力與噩夢般的圖像著稱。

137 法國雕塑家，公認為現代雕塑的奠基者。

138 美國食譜作家，其作品《廚藝之樂》是全世界最廣為閱讀的食譜書。

139 二十世紀早期的美國現代主義畫家。

140 德國藝術家，作品涉及多種流派與媒體，包括達達主義、構成主義、超現實主義、詩歌、聲音、繪畫、雕塑、圖形設計、印刷等。

141 法國畫家，野獸派的創始人及主要代表人物。

142 法國畫家，風格介於印象派到立體主義之間。

143 美國藝術家，描繪了愛德華時代（一九〇一～一九一〇）的奢華，被認為是「當代肖像畫家領袖」。

144 十九世紀末愛爾蘭作家王爾德（Oscar Wilde）小說作品《多利安．格雷的畫像》（*The Picture of Dorian Gray*）之主角。格雷是一名年輕貴族，很害怕失去青春，於是許願讓一幅肖像代替他變老，竟真的從此維持青春樣貌。他放浪形骸犯下各種罪行，肖像中的模樣變得醜惡不堪，成為他罪孽的證據。他為了消滅醜惡的畫，一刀刺進畫中，沒想到真人卻變成老醜的模樣死去，畫則恢復年輕。

專文推薦　月亮

袁瓊瓊（知名編劇、作家）

「有個女人住在樹上，
她捉住了月亮
在一只水壺裡。」

這是唐納・霍爾的詩。我很喜歡。直到出版社找我寫推薦文之前，我不知道世界上有個唐納・霍爾。這是生命的美好之處，許多人許多事，像真珠一般散落在時間和空間裡，遇見了，那就是你的。那就成為你。

我正堂堂邁進我的七十後。不知道這是不是出版社找我寫推薦文的原因。最初看到書名，還以為又是老人家給快要變成老人家的讀者打氣的作品，可能會談一下如何適應老年，也或者有些「年老並沒有那樣糟」的甜言蜜語……看完全書才發現完全不是那麼回事。這本書是一本全新的「老人書」，唐納・霍爾給我們展現了一種直率而明亮的「老年人」的活法。

《死亡不是問題，衰老才是：美國桂冠詩人的八十後隨筆》成書在二○一四年，唐納・霍爾當時八十六歲。如果不是書名標示了「八十後」，看內文，絕對會疑惑這位作者是不是在「假裝」老人啊。整本書的朝氣十足，我嘆為觀止。筆力那不叫「遒勁」，根本就活跳跳，青春得不得了。而且記憶力好到令人髮指。動輒就是半世紀前的舊事，但是唐納·霍爾什麼都記得，遇到什麼人，對方穿什麼衣服，在幹啥事，說了什麼話，描寫得活靈活現。二〇一〇年他在白宮受頒「國家藝術獎章」，同時在白宮的怕不有數百人，他全都記得，有名有姓的。更可貴的是，對於被取笑被侮辱，他的應對，既幽默，還不失真性情。

人活到八十歲，我猜大概也就跟初生之犢一樣無畏了。唐納·霍爾敘說他的過往，非常直率，並且色香味俱全。當然許多人老了都愛提「當年勇」，年少時的浮浪豔事，忽然就成了勳章，掛出來證明自己「神勇」過。而唐納·霍爾不這樣，他既不遮掩，也不迴避，就非常之誠直地說出來。看到他描寫自己在婚姻出問題（一次離婚，一次喪妻）時，飢不擇食到處找女人的模樣，看著不覺其神勇，反倒有些可憐，看到了他那種溺水之人亂抓浮木的心情。

文學是誠實的藝術，情不真意不切，東西不會好。唐納・霍爾在這本書裡可愛極了，都八十了還這樣迷人，年輕時真不知道有趣到如何程度。

他不單是腦筋清楚，思慮明晰，而且毫無老年人的腐朽氣。他並不諱言軀體衰朽時的不便。事實上，唐納・霍爾愛抽菸好喝酒，直言絕對不運動，食物多是高脂肪高熱量，還一定要加大蒜。這樣縱情恣意的活法，自然是少不了各種病痛纏身，但唐納・霍爾並不埋怨，很能認命。他對待生命中的橫逆不順，很有種安天知命。例如他決定不再開車之後，先是覺得異常不便，但立即便發現了其間的「好處」。他開始坐輪椅，同樣有輪子，不但更安全，更快，而且還附加了推輪椅的人可以使喚。無論如何都是利多啊。

他直接了當書寫自己因為糊里糊塗闖出的大禍，取笑自己昏瞶，無能。看到這個部份時，我真的拜服，能夠像說脫口秀一般地把自己的糗事說出來，那真的是很強大的自信，而且通達。人生到了這個時辰，看他人看自己，或許都不再是人間的角度。唐納・霍爾講述他的記憶，他的過往，給我的感覺是：「這世界實在有趣，而我又是多麼幸運，碰到了好人，也碰到了壞人。我做過精彩的事，也做過惡劣的事，但是，這世界多麼有趣啊，而我活過了。」

我上網找了唐納．霍爾的詩來看，出乎意料地好。唐納．霍爾出身鄉村，在大自然中成長。他的詩有種簡單樸素，而且想像力富於童趣，就像這首〈月亮〉（The Moon）。

〈月亮〉全詩是這樣的：

有個女人住在樹上，
她捉住了月亮
在一只水壺裡。

風兒在樹梢

吹得呼呼響，
那時她生起了火。

她把它煮濃，
煮成一粒扁豆
放在盤子裡。

她吞下了月亮
於是月亮在她身體裡
像孩子一樣生長。

當風兒吹遠
她登上了
空氣的臺階

生下了月亮
在夜的屋子裡
黑暗的床上。

她哺育他
當風兒棲息
像一隻巨鳥

在一棵樹的
空無的枝椏上
在寒冷的水壺旁。
（出自詩選集《White Apples and the Taste of Stone》，柳向陽譯）

結尾戛然而止。但不妨礙，我們知道，當月亮被「哺育」足，他會升起，到「空無的枝椏上」大放光明，照亮「夜的屋子」，和「黑暗的床」。

這首詩寫了死亡，也寫了重生。而重生即是迎接死亡。

我們都是月亮，被吃下，是為了被生出來。離開這個天空，是為了回來。唐納·霍爾知道這個道理。所以可以明亮地活著。

我們也可以。

好評推薦

這是一個詩人（相信唐納・霍爾不想我以落落長的頭銜介紹他）獻給老去自我的「真心話」與「我記得」。走過童年的農場、細數愛過的女人、戴上沒怎麼想戴好的桂冠，當他終於來到自述的「老年」——這一個外星世界裡頭，老人是另一種生命型態；他們的皮膚是綠色的，兩顆頭都長了觸角。詩人雖老，詩心仍生猛跳動，提供給老年世界另一張地圖，文學贈予「老」的美顏濾鏡。幽默美好的靈魂與詩，只變得古老，不曾衰老。

——**蔣亞妮**（作家）

向死而生，能在歲月漸濃的陰影下寫出餘生的幽默和豐饒，只有歷經滄桑的詩人。唐納・霍爾的雋語是我們認知的衰老年歲的平行宇宙：在那裡我們和世界把酒言歡、重修舊好。

——**廖偉棠**（詩人、作家）

在他眼中，老去的意義是它變化了事物的重要程度。詩、名聲、愛、親人，與其他一切被時間孵著，有些本是落葉的原來是蝴蝶，而有些本是花朵原來是塵埃。

讀完書，我終於明白為什麼二〇一〇年當詩人進白宮從歐巴馬手中領獎，那張鬍鬚滿腮的照片除了作為迷因之外更重要的意涵——鬍子是時間的證明。他刻意留下了它。意思是，他相信所度過的時間比「此刻」重要。跟著他的眼睛，事物的輕與重在心中消長。他從周圍人事的死，寫到家園中那些來來去去的熊、鼠與鹿，按時間算牠們理應也死過了幾代，看起來卻像永遠存在——遠遠地看，我們也一樣。

——蕭詒徽（寫作者、編輯）

別於一般的作家回憶錄是用現在的眼光將自己過往的塵埃、氣體、恆星在天球勾畫出一條乳白色的銀河亮帶，連失敗和落魄也被包覆在一種滑順的光暈之中；唐納・霍爾的臨終目光不是無時間性地為自己的一生賦形，而是瞄準當下，攤露他此刻的種種力不從心，把僅剩的力氣放在老了才能摸索的老，探看正在生長和演變的老。即使身軀和生活殘破，他戮力挖掘經驗的完整性，展現了寫作者的尊嚴。

——吳俞萱（詩人）

霍爾的主題往往是自傳性的：妻子的死亡，他對大蒜的熱愛，在二戰後的南斯拉夫駛過無法通行的道路，老年的限制，詩歌的普及，被任命為桂冠詩人後「極度震驚」，以及他對祖居地——新罕布夏州的鷹池農場，和周圍不斷變化的景觀所懷抱的深厚情感。他以這些主題為開端，思考失去、康復、工作、發現和死亡等議題。他觀察到「矛盾是人生的細胞架構」，沒有矛盾，任何散文、詩歌或故事都無法成功。透過探索漫長人生的喜悅和浮沉，這部散文集提供了對人類處境的深入洞察——以及所需的勇氣和開放心態。

——**出版人週刊，星級評論**

這本散文具有詩人的風格。霍爾使用的是句子和段落，而非詩歌中的行和詩節，但每個詞都很重要。具體的圖像推動著他的句子，他是動力和懸念的大師。讀者看到或品嘗了片刻，並渴望知道接下來會發生什麼。

——**康科特監督報**

當霍爾將深刻的人性時刻轉化為引人入勝且難忘的語言時，這些時刻就會啟迪、甚至安慰讀者……《死亡不是問題，衰老才是》是活生生的證明，證明他已經完成了一直想做的事情——寫作！——並且做得比大多數人能夢想的還要好。

——**洛杉磯書評**

《死亡不是問題，衰老才是》不是對所謂「老年舒適生活」的認可，而是呼籲我們即使在衰退面前，依然信任自身的思想和靈魂。

——**明尼亞波利斯明星論壇報**

詩人、散文家唐納．霍爾的臉上鬍鬚遍布，刻滿皺紋，就像一條乾涸的河床。這張臉龐出現在他的散文集《死亡不是問題，衰老才是》英文版封面上，未經修飾地傳遞了這十四篇散文關於老去——「一場慶祝失去的典禮」——的坦率、悲劇和幽默。

——Shelf Awareness 美國書評網站

死亡不是問題，衰老才是：美國桂冠詩人的八十後隨筆

Essays After Eighty

作　　者　唐納．霍爾 Donald Hall
譯　　者　康學慧 Lucia Kang

責任編輯　許芳菁 Carolyn Hsu
　　　　　黃莀着 Bess Huang
責任行銷　朱韻淑 Vina Ju
封面裝幀　廖韡 Liaoweigraphic
版面構成　黃靖芳 Jing Huang
校　　對　葉怡慧 Carol Yeh

發 行 人　林隆奮 Frank Lin
社　　長　蘇國林 Green Su

總 編 輯　葉怡慧 Carol Yeh
主　　編　鄭世佳 Josephine Cheng
行銷主任　朱韻淑 Vina Ju
業務處長　吳宗庭 Tim Wu
業務主任　蘇倍生 Benson Su
業務專員　鍾依娟 Irina Chung
業務秘書　陳曉琪 Angel Chen
　　　　　莊皓雯 Gia Chuang

發行公司　悅知文化　精誠資訊股份有限公司
地　　址　105台北市松山區復興北路99號12樓
專　　線　(02) 2719-8811
傳　　真　(02) 2719-7980
網　　址　http : //www.delightpress.com.tw
客服信箱　cs@delightpress.com.tw
I S B N　978-626-7288-37-5
建議售價　新台幣３５０元
首版一刷　２０２３年６月

國家圖書館出版品預行編目資料

死亡不是問題，衰老才是／唐納．霍爾(Donald Hall)作；康學慧(Lucia Kang)譯. -- 初版. -- 臺北市：悅知文化精誠資訊股份有限公司,2023.06
面；14.8×21公分
譯自：Essays after eighty.
ISBN 978-626-7288-37-5 (平裝)

874.6　　112006688

建議分類｜美國文學

線上讀者問卷 TAKE OUR ONLINE READER SURVEY

因為喪失能力而惋惜、憂鬱無濟於事。不如整天坐在窗前，愉快欣賞鳥兒、牛舍、鮮花。

——《死亡不是問題，衰老才是》

請拿出手機掃描以下QRcode或輸入以下網址，即可連結讀者問卷。
關於這本書的任何閱讀心得或建議，歡迎與我們分享 :)

https://bit.ly/3ioQ55B

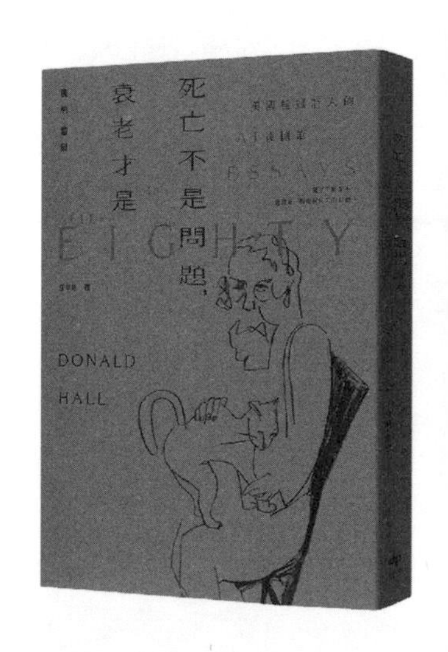